Chère Mamie

Du même auteur :

Il est grand temps de rallumer les étoiles, Fayard, 2018.

Le parfum du bonheur est plus fort sous la pluie, Fayard, 2017 ; Le Livre de Poche, 2018.

Tu comprendras quand tu seras plus grande, Fayard, 2016 ; Le Livre de Poche, 2017.

Le Premier Jour du reste de ma vie…, City, 2015 ; Le Livre de Poche, 2016.

VIRGINIE GRIMALDI

Chère Mamie

FAYARD / LE LIVRE DE POCHE

Couverture : Studio LGF. © Nadia Grapes / Shutterstock.

Photographies : © Virginie Grimaldi, collection particulière.
Illustrations : © Shutterstock.
© Librairie Arthème Fayard / Le Livre de Poche, 2018.
ISBN : 978-2-253-10079-9

Pour ma grand-mère

Bordeaux, le 28 mai

Chère mamie,

Il y a quelques mois, alors que je venais d'arriver sur mon lieu de vacances, je t'ai écrit une carte sur les réseaux sociaux. Le lendemain, j'ai recommencé. Le surlendemain aussi. Chaque soir, je te racontais un instantané de vie en essayant d'en extraire le drôle, le tendre, le piquant.
C'est devenu un rendez-vous entre les lecteurs et moi. Lors des séances de dédicaces, nombreux étaient ceux qui m'en parlaient, me confiant attendre avec impatience la prochaine carte à mamie. Certains demandaient un recueil. Je n'y voyais alors qu'un amusement, jusqu'à ce que l'idée de reverser les droits à une association germe. L'association, c'est Cékedubonheur. Une équipe de passionnés qui donnent leur temps sans compter pour améliorer le quotidien des enfants hospitalisés. Tu sais combien cela me tient à cœur.
Munie de mon ordinateur et de mon inspiration, je t'ai donc écrit plein de petites cartes du bonheur, avant de les rassembler dans ce recueil avec celles que tu connaissais déjà.
J'espère que tu t'amuseras, que tu lèveras les yeux au ciel, que tu seras surprise, peut-être parfois émue. J'espère que ces moments passés ensemble te plairont.

La boucle est bouclée. Toi qui m'as transmis l'amour des mots, toi qui m'as légué ton hypersensibilité, toi dont la vie n'a pas toujours été rose, te dédier ce livre qui, je l'espère, apportera un peu de bonheur à des enfants malades était une évidence.
J'arrête là, je crois que nous ne sommes pas seules.
Je t'embrasse, ma chère mamie, et je te souhaite une bonne lecture.

Ginie

Printemps

Bordeaux, le 21 mars

Chère mamie,

J'espère que tu vas bien !
Après avoir hiverné, ce matin, ma balance a retrouvé ses piles. Quand je suis montée dessus, j'ai failli faire une attaque.
Mais je suis toujours en vie.
Pour fêter ça, j'ai fait des cookies.

Gros bisous à toi et à papy.

Ginie

P-S : j'ai hésité avec des concombres, mais on n'a jamais vu des concombres faire du bien. Enfin si, mais pas en vinaigrette.

Arcachon, le 24 mars

Chère mamie,

Je t'écris d'Arcachon où nous passons une bonne journée avec ma sœur et les enfants.
Quand les petits ont voulu tester l'attraction appelée « la bûche », on a dit d'accord. Depuis le sol, cela avait tout l'air d'un truc bénin. Le fait que ce soit accessible aux enfants à partir de 90 centimètres nous a confortées : on allait s'endormir.
Nous avons pris place dans le tronc d'arbre en sifflotant, et c'était parti pour une balade bucolique sur la petite rivière inoffensive.
Et puis, ça a commencé à monter. Mon rythme cardiaque aussi.
Je ne me souviens pas de l'intégralité du dialogue avec ma sœur, il n'est pas exclu que j'aie perdu connaissance quelques secondes quand on a atteint le sommet, mais je vais essayer de te retranscrire quelques bribes :
– C'est haut, quand même.
– Qu'est-ce qu'on fout là ?
– Je veux descendre.
– Tu crois que si je vomis ils arrêtent tout ?
– T'as vu l'accident à la Foire du Trône ?
– Ta gueule.
– J'ai même pas de jolis sous-vêtements.
– Oh, putain, on y est.

En effet, on y était. Le tronc a lentement basculé dans le vide. J'ai hurlé, ma sœur a hurlé, j'ai peut-être émis deux ou trois grossièretés, et on s'est retrouvées en bas, vivantes, trempées, avec la culotte qui
se prenait pour un string.
Nous avons échangé le long regard de ceux qui viennent de survivre au pire, avant de promettre d'une seule voix que PLUS JAMAIS.
Évidemment, ces petits traîtres d'enfants n'avaient qu'une envie : recommencer. Nous avons donc pris la décision de faire un test de maternité.

Bisous à toi et à papy.

Ginie

Bordeaux, le 27 mars

Chère mamie,

Je suis bien rentrée de Paris où j'ai passé un très bon week-end au Salon du livre. Il faudra que
je te raconte mon trajet en train, chose normale pour la plupart des gens, plus compliquée quand on souffre de claustrophobie (à quand les toits ouvrants dans les wagons ?). Sache tout de même que je n'ai pas cassé la vitre, bien que j'aie pris soin de repérer le petit marteau « au cas où »,
et que je n'ai pas essayé de sauter en route
(j'avais fait un brushing).
Le trajet en valait la peine. Les lecteurs étaient tous plus adorables les uns que les autres. Chacun y allait de son petit mot, beaucoup ont pris des nouvelles de mon fils, j'ai même reçu des cadeaux et des étreintes. Je me suis souvent entendu dire que j'étais souriante et attentive, mais comment veux-tu être désagréable avec des personnes si gentilles ? Pour rien au monde je ne voudrais les décevoir.
C'est sans doute la raison pour laquelle, quand une charmante lectrice m'a fait part de sa joie quant à la bonne nouvelle, je l'ai remerciée en souriant. C'était touchant de la voir si heureuse de la sortie imminente de mon prochain roman. Sauf que, je l'ai compris quand elle m'a demandé s'il s'agissait d'un garçon ou d'une fille, elle parlait d'une sortie plus... déchirante.

Elle avait les yeux qui brillaient de joie. Elle était SINCÈREMENT heureuse pour moi. J'ai posé ma main sur la sienne, j'ai ouvert la bouche pour lui dire qu'elle se trompait, et j'ai entendu ma voix répondre « On garde la surprise ».

Gros bisous à toi et à papy.

Ginie

P-S : c'est comme la fois où j'ai acheté une encyclopédie religieuse juste pour faire plaisir au représentant. J'ai désactivé la sonnette, depuis, pour ne plus prendre de risque.

P-S 2 : vu ce que j'ai pris cet hiver, elle doit croire que j'attends des triplés.

Bordeaux, le 2 avril

Chère mamie,

Pour me récompenser d'avoir terminé mon dernier roman, je me suis offert un massage.
La vérité, c'est qu'initialement, ce soin était la carotte pour me faire perdre du poids.
Cinq kilos perdus me donnaient droit au massage.
Cependant, malgré une cure de frites et de chocolat, le chiffre sur la balance n'a pas diminué. J'aurais pu m'asseoir sur la carotte (je te déconseille de taper ça dans Google), mais je n'y suis pour rien si ma balance ne sait pas faire les soustractions.
La masseuse m'a invitée à me déshabiller entièrement et m'a donné un petit sachet en plastique en me glissant que je serais plus à l'aise avec, puis elle est sortie.
J'ai obéi, j'ai enlevé mon maillot de bain à la hâte (c'est comme chez le gynéco, j'ai la phobie qu'ils reviennent alors que je suis en train de baisser ma culotte, pleine lune vers le ciel) et enfilé le truc bizarre qui était dans le sachet en plastique, puis je me suis allongée sur le ventre. Quand elle est revenue, elle a éclaté de rire.
Je ne vois pas pourquoi, elle n'avait qu'à préciser que ça ne se mettait pas sur la tête.
Elle a enduit ses mains d'huile parfumée et a commencé à me masser.

Les pieds. Hmmmmm.
Les mollets. Hmmmmm.
Les cuisses. Mais qu'est-ce qu'elle fait ? Pourquoi elle me frotte ?
Le dos. Elle me griffe maintenant. Je suis tombée sur un loup-garou.
Les épaules. Ah, tiens, elle me pétrit. Visiblement, elle me prend pour une pizza. Je ne veux pas savoir où elle va mettre l'olive noire.
J'ai compté les secondes jusqu'à la fin de mon calvaire. Quand elle m'a demandé si j'avais aimé, j'ai répondu que c'était parfait.
Je me suis levée comme on déplie un origami.
J'ai enfilé mes vêtements en gémissant.
J'ai boité jusqu'à l'accueil.
J'ai payé.
J'ai laissé un pourboire.
Je suis rentrée chez moi.
J'ai mangé une tartiflette.

Gros bisous à papy et à toi.

Ginie

Bordeaux, le 17 avril

Chère mamie,

Je viens de recevoir ton mail. Je suis heureuse de constater que tu as réussi à utiliser l'ordinateur de papy, même s'il apparaît que quelques ajustements soient nécessaires. En effet, dans la partie « objet » tout en haut du message, tu as écrit « chaise ». On ne te demande pas de jouer au petit bac, mais de noter le but de ton message.
Je suis admirative de ta volonté de vouloir t'adapter aux nouvelles technologies. Cependant, il faut parfois savoir regarder la réalité dans les yeux. Tu es dotée de nombreux talents. Tu tricotes les plus beaux pulls à pompons de l'univers alors que tu sais qu'on ne les porte qu'en ta présence, tu réussis le moelleux au chocolat mieux que personne, alors qu'on suit tous ta recette à la lettre (je n'oserais te soupçonner de l'avoir légèrement modifiée en nous la dictant), tu connais plus de mots que le dictionnaire quand on joue au Scrabble, il aurait été injuste qu'il n'existe aucun domaine dans lequel tu n'excelles pas.
Ce domaine, mamie chérie, c'est manifestement l'informatique. C'est-à-dire que j'ai mis environ deux heures trente à déchiffrer le texte suivant :
« jenesaispascommentséparerlesmotspapymedit d'appuyersurlabarreespacemaisjenesaispasceque c'estetsijeluidemanfmincejemesuistrompéecomment onfaitpoureffacer,,,ahmaispourquoic'estunevirgule etpasunpointd'interrogation,,,vraimentC4ESTPAS FACILE1UTILISERCESORDINATEURSMAISPOURQUOI MAINTENANTCAECRITENGROS ??TIENSVOILA LEPOINTD4INTERROGATION »

Je t'imagine déçue, mais, parfois, il faut savoir renoncer.

Gros bisous à toi et à papy.

Ginie

P-S : ça te laisse le temps de tricoter un pull à pompons pour ma belle-mère, elle en rêve.

Dinard, le 1ᵉʳ mai

Chère mamie,

Ce matin, j'étais au téléphone avec mon amie Serena, qui venait d'arriver à Dinard pour y passer la semaine. Elle m'a décrit les vagues, le ciel, les crêpes, et elle a dit « T'es pas cap de me rejoindre ».
Meuf, je suis TOUJOURS cap
Le trajet a duré six heures. C'était un peu long, j'ai même failli sauter en route quand mon cher enfant a demandé si on était bientôt arrivés pour la dix millième fois, mais j'ai réussi à l'occuper avec le jeu que tu m'avais appris petite : il fallait repérer une lettre sur une plaque d'immatriculation et trouver des mots qui commencent par elle. Bon, je ne suis pas sûre que « caca » commence par K, mais cela nous a permis de passer le temps.
Le midi, nous avons mangé un sandwich tellement infâme que je me suis demandé si ce n'était pas papy qui les fabriquait. Le jambon ressemblait à du papier buvard et la salade à une algue d'aquarium. Comme le petit ne voulait rien avaler, nous avons dû faire comme si c'était délicieux. Si on ne reçoit pas l'Oscar des meilleurs acteurs, il y a de la corruption dans l'air.
Le trajet a tout de suite été oublié quand nous avons découvert la vue depuis la chambre. C'est un peu comme l'accouchement que l'on oublie dès que l'on rencontre notre bébé, l'épisio en moins.
Serena était tellement heureuse de nous voir que, pour fêter ça, elle a décidé qu'on mangerait des huîtres au petit déjeuner de demain.
Je me demande si on peut survivre à un autre trajet de six heures.

Gros bisous à toi et à papy.

Ginie

Dinard, le 2 mai

Chère mamie,

Ceci est un SOS.
Je suis enfermée dans les toilettes de l'hôtel.
Serena est folle, je le crains.
Elle veut me forcer.
Elle dit que je ne suis pas cap.
Meuf, je suis TOUJOURS cap.
Mais il y a des limites, quand même.
Ce n'est pas parce qu'ils ont mis des huîtres
sur le buffet du petit déjeuner qu'il faut en manger.
C'est de la décoration, voilà tout.
Ou un test pour déceler les fous.
Ou une caméra cachée.
QUI mange des huîtres au petit déjeuner ?
Viens me chercher, mamie.
Prévois des renforts, cette femme est dangereuse.
Oh, merde, elle tape à la porte.
Je ne vais pas avoir le choix.
Je dois lui ouvrir.
Adieu, mamie.

Je t'aimais.

Ginie

Dinard, le 3 mai

Chère mamie,

J'ai survécu. Figure-toi que les huîtres passent bien au petit déjeuner, même après de la brioche trempée dans un chocolat chaud. Il ne fallait pas grand-chose pour que j'en reprenne une.
Aujourd'hui, le temps était mitigé, nous avons donc décidé de rester à l'hôtel et de profiter de la piscine. Nous avons vite regretté, elle était tellement froide qu'on a failli finir en bâtonnets chez Picard.
Les enfants avaient l'air de la trouver à leur goût, mais je crois que ces êtres ont des capteurs sensoriels complètement déréglés. Il n'y a pas si longtemps, ils se faisaient caca dessus sans aucune gêne.
On a passé quelques minutes dans le sauna pour se réchauffer, puis nous avons opté pour une activité moins risquée : boire un chocolat chaud-chantilly en refaisant le monde.
Le bar de l'hôtel donnait sur la Manche.
C'est magnifique, elle est parsemée de petites îles. Pour rire, j'ai demandé si c'était la Corse. Serena a répondu que la Corse se situait dans la mer Méditerranée, pas dans le fleuve Manche.
J'ai gloussé, mais elle était sérieuse.
ELLE PENSE QUE LA MANCHE EST UN FLEUVE.
Elle m'a demandé de ne le dire à personne.
Tu me connais, j'ai gardé le secret.

Gros bisous à toi et à papy.

Ginie

P-S : pour que tout le monde sache, son nom de famille, c'est Giuliano.

Dinard, le 4 mai

Chère mamie,

Pour notre dernier jour en Bretagne, nous avons fait une longue promenade le long de la mer
(qui n'est donc pas un fleuve). La marée était basse, les goélands nous accompagnaient,
nous suivions un chemin qui longeait les falaises, c'était grandiose.
Nous avons fait halte sur une plage déserte,
on s'est posés sur le sable pendant que les enfants admiraient les vagues. Mon cher fils a voulu enlever ses chaussures pour se tremper les pieds, j'ai dit non, l'eau était glacée, je n'avais pas envie qu'il finisse comme Jack dans *Titanic*. Il a insisté,
silteplémamanchériequejaimeetquejadore,
j'ai tenu bon, non c'est non. Il a obéi, il n'a pas enlevé ses chaussures, il y est allé avec.
Le reste de la balade était merveilleux, avec
un enfant qui refusait de marcher parce que
ses pieds étaient gelés et ses chaussures et chaussettes trempées. Je te laisse deviner
qui a dû le porter sur ses épaules (indice : moi).

Autant te dire qu'à l'arrivée, j'étais en forme.
On s'est posés pour manger une crêpe, la serveuse m'a demandé laquelle je voulais, j'ai répondu toutes, et on a tous fait le retour en taxi. Enfin, on a tous fait le retour en taxi sauf mon cher enfant, qui nous rejoint à la brasse.
(Oh, ça va, je rigole.)
(En fait, il nous rejoint en crawl.)

Gros bisous à toi et à papy.

Ginie

P-S : pas la peine de répondre que moi aussi, petite, je n'écoutais pas tout ce qu'on me disait et de me rappeler la fois où j'ai dessiné sur la voiture neuve du voisin avec un caillou. C'était de l'art, vous ne l'avez juste pas compris.

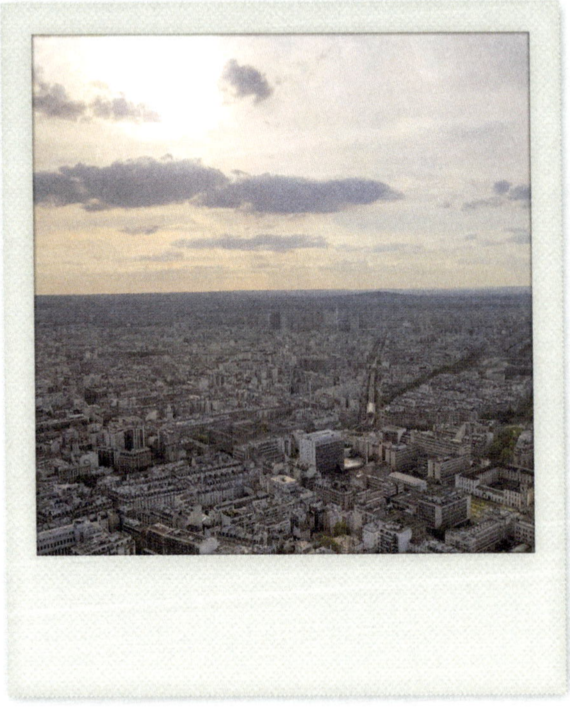

Paris, le 7 mai

Chère mamie,

Je t'écris de Paris où le séjour se passait bien, jusqu'à maintenant. C'est joli, Paris, il faudrait que tu voies ça. Un jour, je t'emmènerai voir les bords de Seine, les Champs-Élysées, au soleil, sous la pluie, à midi ou à minuit, les parcs, et surtout les macarons. Je suis sûre que tu aimeras. En fait, Paris serait parfaite, s'il n'y avait pas cet immense pylône électrique planté en plein milieu. Le pire, c'est qu'ils en sont tellement fiers qu'ils vendent des boules à neige à son effigie. Bientôt, ils vont nous faire des porte-clés avec des distributeurs de billets et tout le monde trouvera ça normal.
Malgré ce détail, le séjour était agréable. Et puis, Laurent (qui travaille chez mon éditeur) a lancé une idée : « Et si on montait tout en haut de la tour Montparnasse ? »
J'ai failli appeler les pompiers, mais il m'a rassurée : il ne faisait pas d'AVC. Il était sain d'esprit, le fou ! Et tous les autres ont adoré la proposition. Peux-tu me dire qui sont ces gens qui s'excitent à l'idée de toucher les nuages, alors que moi j'ai le vertige en me mettant debout ? S'ils veulent des sensations, ils ne peuvent pas faire de la trottinette, merde ? Pardon, je m'emballe.
J'ai tenté une diversion, ça marche avec ma chienne : quand elle veut aller se promener et que je n'ai pas envie, je lui donne une friandise. Manifestement, ils n'aiment pas les croquettes saveur viande.
J'avais le choix : soit je suivais le mouvement, soit je passais pour une couarde. Je ne sais même pas

ce que ça veut dire, alors j'ai opté pour la première solution.
Sur le chemin, j'ai demandé une cigarette.
En bas de la tour, j'ai demandé un anxiolytique.
Dans l'ascenseur, j'ai demandé une anesthésie générale.
Laurent a appuyé sur le bouton 56.
56 étages.
L'ascenseur a mis moins d'une minute à les gravir.
C'est le temps qu'il m'a fallu pour revoir toute ma vie.
Mes jambes ne me portaient plus, mes mains auraient pu monter des blancs en neige en deux secondes.
Quand les portes se sont ouvertes, j'ai essayé de marcher le plus naturellement possible.
Laurent m'a demandé pourquoi je dansais la salsa.
Je l'ai suivi jusqu'au bar dont les parois vitrées offraient une vue panoramique sur Paris.
C'était magnifique. Enfin, c'est ce que m'ont dit les autres. Moi, je n'ai vu que des mouches noires et un voile blanc, et puis plus rien. Quand je me suis réveillée, j'étais en bas, cinq visages inquiets penchés sur moi.
Si c'était juste pour ça, j'aurais pu le faire chez moi.

Bisous à toi et à papy.

Ginie

P-S : peut-être que j'aurais eu moins peur par les escaliers, mais j'ai demandé, ils n'ont pas installé de Stana.

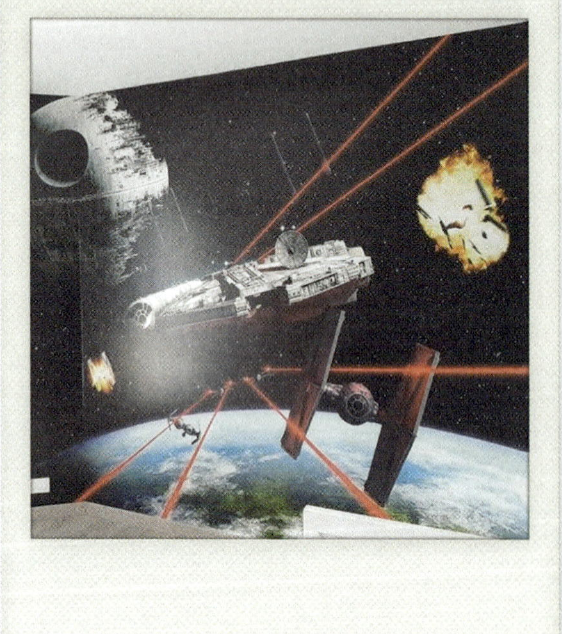

Bordeaux, le 9 mai

Chère mamie,

J'espère que tu vas bien.
Hier, nous avons passé la première nuit dans notre
nouveau chez-nous. Je l'écris mais je ne le ressens
pas encore, c'est bizarre de voir nos meubles
dans ces pièces qu'on ne connaît pas, de vivre
dans d'autres odeurs, dans d'autres bruits.
Ce matin, nous avons pris notre petit déjeuner
à l'ombre de l'immense chêne, il y avait
deux tourterelles qui roucoulaient et notre chienne
Brownie couchée à nos pieds, j'ai repensé au premier
petit déjeuner dans l'ancienne maison, je m'étais
demandé si on y serait heureux, j'ai revu nos soirées
en amoureux sous le pommier, j'ai revu mon ventre
arrondi sous la douche, mes larmes dans le lit,
nos chiens dans le jardin, j'ai revu ses premiers
pas dans le salon, sa cinquième bougie dans
la cuisine, sa taille sur la porte, j'ai revu mon monde
qui s'arrête dans la salle de bains, les câlins
sur le canapé, la peur dans la chambre, les rires
dans le bain, les amis autour de la table, j'ai revu
notre douleur entre ces murs, notre bonheur sous
ce toit, j'ai revu tout ça, j'ai chassé la nostalgie
d'un coup de dents dans un croissant, et je me suis
dit qu'ici aussi, à l'ombre de l'immense chêne
qui en verra d'autres, on laissera des rires,
des larmes et des centimètres griffonnés
sur une porte.

On a vidé quelques cartons, rangé des livres et
accroché des étoiles dans les yeux de notre fils quand
il a découvert le mur de sa nouvelle chambre. Sa super
grand-mère (ta fille) y a passé l'après-midi, avec son
assistante de choc, qui a réussi à s'entailler le doigt
avec du papier (je te laisse deviner de qui il s'agit)
(indice : moi).
On est crevés, on a mal partout, j'ai découvert
des muscles dont je ne soupçonnais pas l'existence,
je fais des rêves remplis de cartons et de scotch,
on est loin d'avoir fini, mais ça y est, on est chez nous.
J'ai hâte de te faire visiter.

Gros bisous à toi et à papy.

Ginie

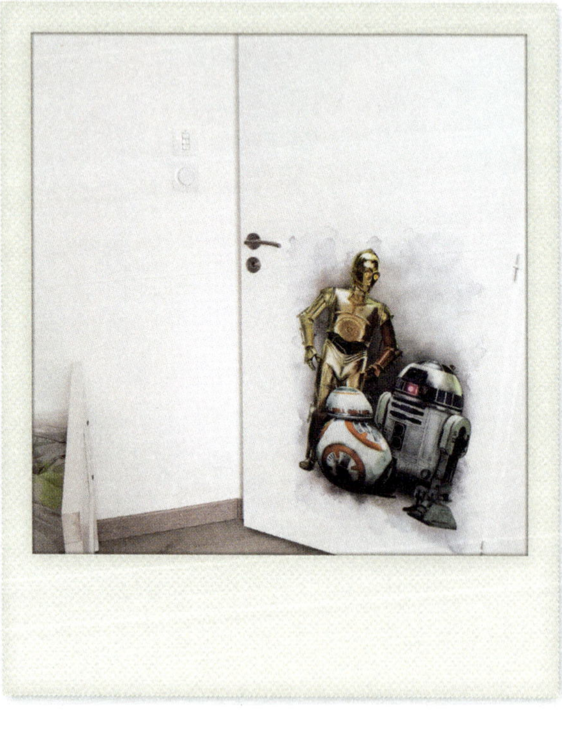

Bordeaux, le 10 mai

Chère mamie,

J'espère que tu vas bien. Moi oui, même si j'ai (encore) failli mourir la nuit dernière.
J'ignore l'heure qu'il était. J'étais dans un sommeil plus profond que Jean-Marc Barr quand un bruit m'a réveillée. Il provenait de la chambre de mon fils. J'ai tendu l'oreille, on aurait dit un rire.
Je me suis levée, les yeux à moitié fermés. La lumière du couloir était allumée, mon cher enfant était debout sur son lit, dos à moi.
Je lui ai demandé ce qu'il faisait. Aucune réponse. Un bruit me parvenait sans que j'arrive à l'identifier. Je me suis approchée doucement, et la scène m'est apparue.
Mon enfant, la chair de ma chair, ce petit être bien élevé et si sage, était tranquillement en train de pisser contre son mur.
Sur le sticker R2-D2.
Je lui ai redemandé ce qu'il faisait, il a rigolé.
Je lui ai demandé s'il allait bien, il a rigolé.
Je lui ai touché le front, il s'est réveillé, complètement perdu.
Ce cher ange faisait une crise de somnambulisme.
Il a fini la nuit dans notre lit, je n'ai plus fermé l'œil (j'avais trop peur que l'envie d'uriner le reprenne, ma tête étant sur l'oreiller).
À la première heure, j'ai appelé le pédiatre, qui m'a rassurée. C'est fréquent et bénin, il y a des chances pour que cela ne se reproduise pas.
Je ne sais pas si cela suffira pour que R2-D2 arrête de faire la gueule.

Bisous à toi et à papy.

Ginie

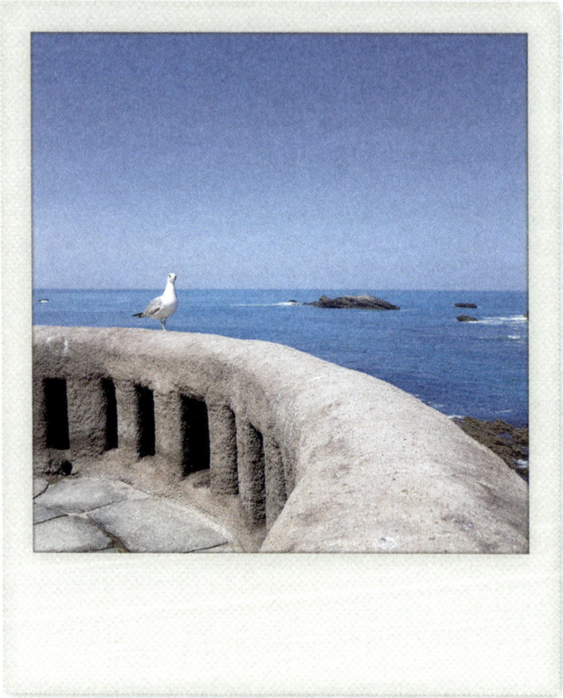

Bordeaux, le 15 mai

Chère mamie,

On a passé un bon week-end à Biarritz. Nous avions confié notre cher enfant à maman, qui nous en a remerciés, puisque cela lui a permis d'apprendre qu'elle était « presque » vieille vu qu'elle avait des traits sur le visage.
Le soleil nous a gratifiés de sa chaleureuse présence, il était en forme après sa longue hibernation.
J'en étais ravie, jusqu'à ce que j'ôte mes vêtements face au miroir. On aurait dit un Malabar bi-goût.
Les Malabar bi-goût ayant le droit de vivre comme les autres humains, nous avons largement profité des ruelles pleines de charme, de la plage et de la piscine. J'aurais néanmoins dû essayer mon maillot de bain avant de l'ajouter à la valise. L'hiver m'ayant laissé quelques bourrelets en s'en allant, j'avais le choix entre décolleté au nombril ou string.
Cela ne m'a pas empêchée de me régaler tout le week-end, chipirons, gambas, chocolats, tout était délicieux, hormis une glace à la vanille qui avait un goût bizarre. Je pense que c'était du surgelé.
Sinon, une mouette nous a suivis partout. Sans doute un paparazzo.

Gros bisous à toi et à papy.

Ginie

P-S : je t'ai rapporté une planche de surf, elle devrait rentrer dans la baignoire.

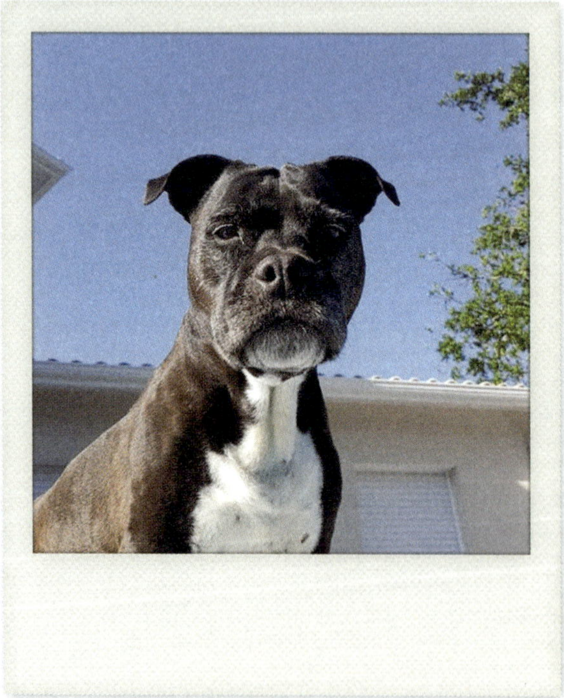

Bordeaux, le 17 mai

Chère mamie,

J'espère que tu vas bien. Nous sommes bien installés dans notre nouvelle maison, plus que deux semaines de travaux et je n'angoisserai plus de voir le maçon entrer dans les toilettes alors que je suis assise dessus. Il a eu plus peur que moi, désormais il fixe ses pieds quand il me parle.
Afin que notre cher enfant profite au mieux du jardin, j'ai entrepris de chercher une balançoire. Ça tombait bien, il y avait justement une vente privée de portiques en bois. J'ai mis approximativement deux jours à choisir celui qu'on adopterait, j'ai finalement opté pour le modèle basique, auquel j'ai ajouté une maisonnette en bois et un trampoline.
Deux heures plus tard, je tombais sur un article alarmant sur les dangers du trampoline. Je tentai alors de retirer l'objet incriminé de ma commande, mais c'était impossible. J'annulai donc la commande complète et la repassai, sans trampoline.
Deux heures plus tard, mon adorable fils déclarait que les maisonnettes en bois, c'était trop nul parce qu'il y avait toujours des araignées dedans. J'annulai donc la commande et la repassai, sans la maisonnette, mais avec un toboggan.
Deux heures plus tard, je regrettai, c'était chouette, quand même, une maisonnette. J'annulai la commande et la repassai, avec la maisonnette mais sans le toboggan (puisqu'il y en avait un dans la maisonnette).

Je te soupçonne de t'être endormie la bouche grande ouverte, alors je vais te spoiler la fin. J'ai continué à ce rythme toute la journée.
La semaine dernière, des livreurs ont sonné.
Ils étaient trois, j'aurais dû me méfier. Il semblerait que je n'aie pas validé l'annulation.
Je suis désormais l'heureuse détentrice de trois portiques (dont deux avec toboggan),
de deux maisonnettes et d'un trampoline.
Plus qu'un tourniquet et j'ouvre un parc.

Bisous à toi et à papy.

Ginie

P-S : ne t'inquiète pas, je vais être remboursée.
Je leur ai dit que je m'étais endormie sur le clavier.

P-S 2 : la photo, c'est parce que j'ai fait à peu près la même tête que Brownie quand j'ai vu le chargement des livreurs.

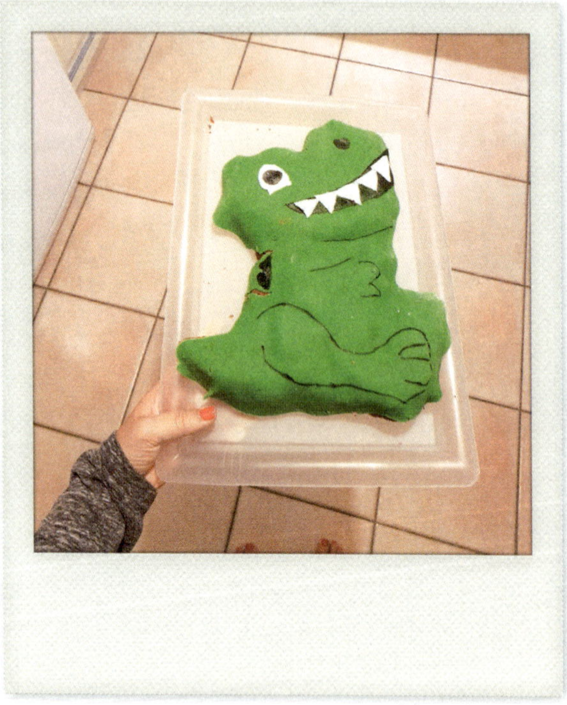

Bordeaux, le 24 mai

Chère mamie,

J'ospère que tu vas bien.
Pour l'anniversaire de notre cher enfant, nous avons décidé de réaliser le gâteau. Tout le monde a rigolé quand on l'a annoncé, je ne vois pas pourquoi, nous sommes des experts (on regarde
« Le meilleur pâtissier »).
Ils ont moins rigolé quand ledit gâteau est arrivé, surmonté de bougies. Ils se sont même extasiés, reconnaissant notre talent et admettant que notre crocodile était bien réussi.
On a accueilli les compliments en souriant, tu parles. Inutile de leur dire que c'était un dinosaure.

Gros bisous à toi et à papy.

Ginie

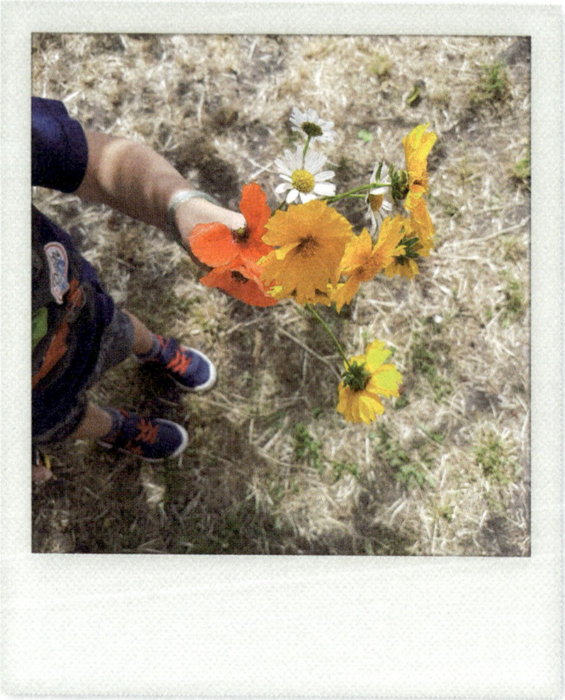

Bordeaux, le 26 mai

Chère mamie,

J'espère que tu vas bien. Ici, ça va à peu près.
Pour fêter dignement l'anniversaire de notre
cher enfant, nous lui avions proposé d'organiser
une petite sauterie avec quelques copains
de classe. On lui a demandé lesquels il souhaitait
inviter, il a répondu tous, on a dit que ce n'était
pas possible, que cinq serait parfait, il a dit vingt,
on a dit six, il a dit quinze, on a dit sept,
finalement on s'est mis d'accord sur huit,
cet enfant me fait peur.
Nous avons passé deux semaines à organiser
l'après-midi. Afin qu'ils ne s'ennuient pas
une seconde, on a prévu une chasse au trésor,
un atelier peinture et une pêche aux canards,
sans oublier l'ouverture des cadeaux et le gâteau.
Tu aurais vu le jardin, mamie, on aurait dit
une fête foraine.
Les enfants sont arrivés à quinze heures.
On a proposé à chaque parent de rester,
ils se sont tous enfuis. Lucides.
La chasse au trésor a duré une minute trente
(Théo est tombé par hasard sur le trésor),
l'atelier peinture ne les a pas intéressés
et les canards ont fini dans la panière de la chienne.
Ces petits sauvages préféraient arracher
des branches du pommier et se rouler
dans l'herbe.

On était dépités, jusqu'à ce qu'une idée lumineuse survienne : puisqu'ils aimaient tant la nature, on allait leur trouver une activité amusante.
Le potager est désormais débarrassé de toutes les mauvaises herbes, la terre est retournée et les tomates, les fraises et les courgettes sont plantées.

Gros bisous à toi et à papy.

Ginie

P-S : l'année prochaine, on leur fait creuser une piscine.

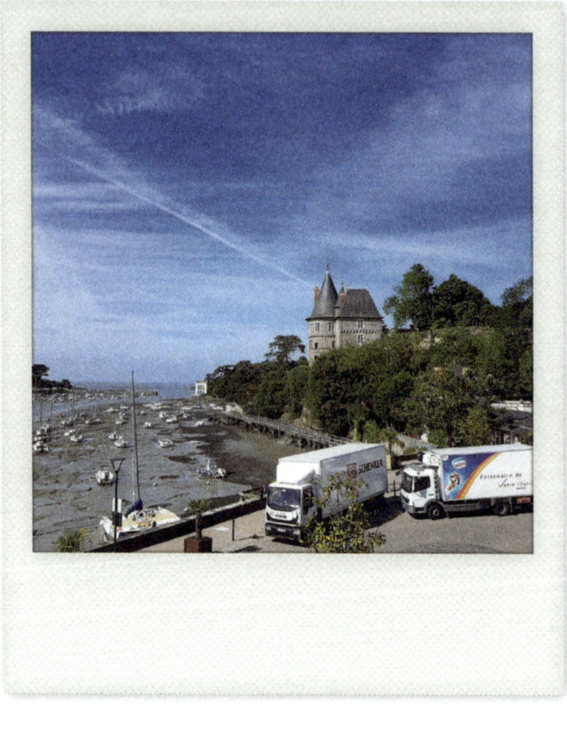
SCHENKER
Partenaire de

Pornic, le 10 juin

Chère mamie,

Une petite carte de Pornic où nous avons passé la nuit, entre une dédicace en Vendée et un salon du livre à Vannes
Hier soir, il faisait nuit quand nous sommes arrivés à l'hôtel. J'ai donc découvert la vue ce matin, en ouvrant les volets, et elle était somptueuse.
J'ai tellement pensé à toi ! Tu te souviens, ce port, le petit train qui nous faisait visiter la ville, les glaces mangées les pieds dans l'eau ? Moi, je n'ai rien oublié, et c'était encore plus beau que dans mes souvenirs.
J'ai appelé mes hommes pour qu'ils profitent du paysage somptueux. Je savais que le petit allait s'extasier, mais je n'imaginais pas à quel point.
Son cri a fait vibrer mes tympans, il avait des étoiles plein les yeux.
– C'est beau, hein, mon chéri ? j'ai roucoulé. Ici, c'est le port, et là-bas, derrière le château, il y a l'océan.
Il a hoché la tête vigoureusement et a répondu :
– Il est trop beau le camion de glaces !
Aucun doute, c'est bien mon fils.

Gros bisous à toi et à papy.

Ginie

P-S : je t'ai acheté un magnet en forme de coquillage, j'ai essayé d'entendre la mer, mais j'ai juste bouché mon oreille.

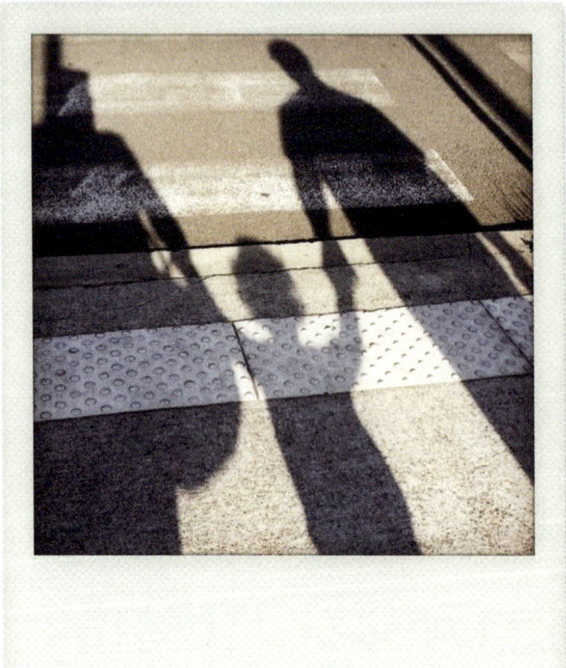

Bordeaux, le 14 juin

Chère mamie,

C'est encore moi (ta petite-fille adorée).
Hier, j'ai passé deux heures à faire les courses.
J'avais une liste longue comme les poils de nez
de papy, je n'y étais pas allée depuis longtemps.
J'adore faire les courses, imaginer les menus
que je vais composer, choisir les produits, cela me met
toujours en joie de remplir les placards. Je pense que
c'est dû à avant, tu sais, quand ils n'étaient jamais
vraiment remplis, plutôt toujours vides, il doit y avoir
quelque chose de pathologique là-dessous, parce
que ressentir un tel bonheur face à un chou-fleur ne
me semble pas très normal.
Bref, j'ai arpenté les rayons en humant les odeurs,
lisant les étiquettes, j'ai élaboré mentalement
les recettes, j'ai salivé, et je suis arrivée en caisse
avec les pieds en compote mais l'estomac impatient.
Le monsieur a scanné tous les produits et m'a annoncé
le montant, ça m'a un peu coupé l'appétit (on devrait
envoyer des factures aux gens qui font un régime), j'ai
tendu ma carte toute guillerette et j'ai tapé le code.
Code erroné.
J'ai retapé le code.
Code erroné.
J'ai retapé le code.
Code erroné, carte bloquée, chariot qui retourne chez
sa mère, salive qui retourne dans ses glandes
Le code m'est revenu ce matin, alors que je ne
le cherchais pas. C'est bête, je venais de demander
à mon banquier de m'en envoyer un nouveau.

Gros bisous à toi et à papy.

Ginie

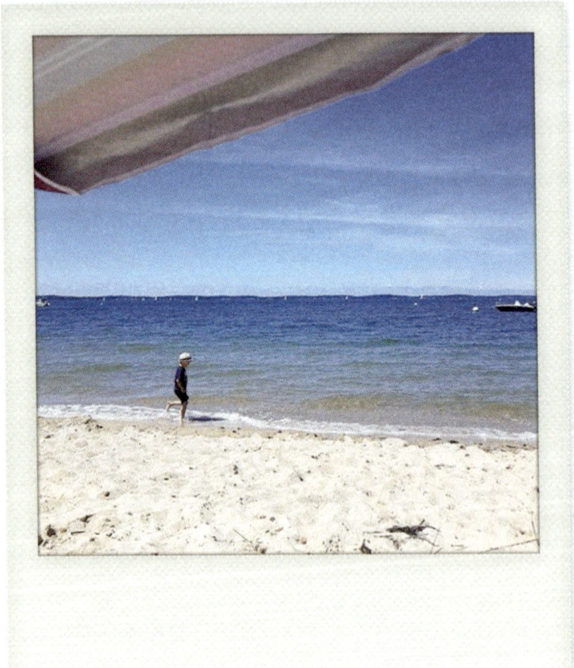

Arcachon, le 16 juin

Chère mamie,

Une petite carte d'Arcachon, où nous sommes allés passer la matinée. C'est jour de marché, on en a profité pour faire le plein de poisson frais et d'autres choses indispensables (des robes) En passant devant le stand des fruits et légumes, mon cher mari s'est tourné vers moi, les yeux débordants d'amour. Je ne l'avais pas vu comme ça depuis la fois où il m'avait demandé ma main et que j'avais consenti à la lui donner, bien que je sois hypocondriaque.
– Tu sais ce que tu es ? il m'a demandé.
– Non, dis-moi, j'ai répondu, le cœur battant à tout rompre à l'idée d'entendre que j'étais la femme de sa vie, son trésor, son âme sœur.
– Tu es un artichaut, il a lâché.
– Ah.
Mon cœur ne battait plus à tout rompre, il ne battait plus du tout, à vrai dire. Mon époux ne s'en est pas formalisé, et s'est même senti obligé d'asseoir son raisonnement.
– Oui, voilà, tu es un artichaut. T'as un gros cœur avec plein de poils autour.
Depuis, il dort dans le bac à légumes.

Gros bisous à toi et à papy.

Ginie

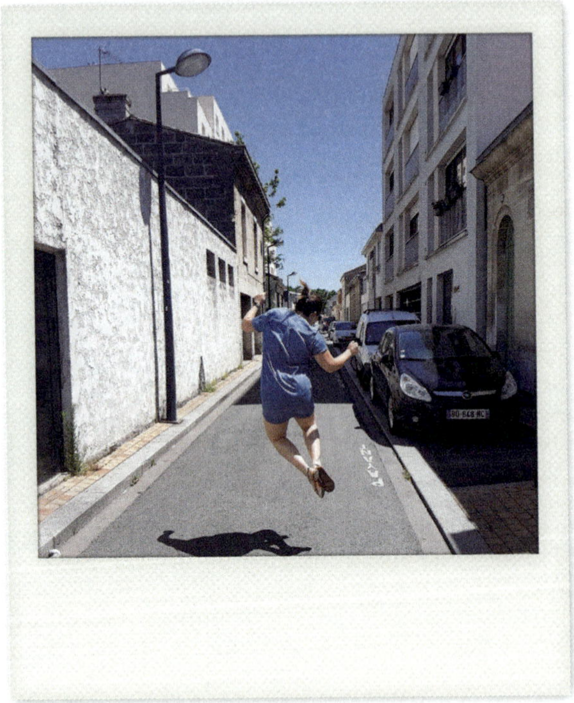

Bordeaux, le 17 juin

Chère mamie,

Ça y est, j'ai quarante ans !
J'ai bien failli ne pas y arriver, hier, sans doute grisée par mon dernier jour dans la trentaine, j'ai sauté environ mille fois jusqu'à ce qu'on arrive à faire une photo potable qui symbolise ma jeunesse, mon énergie, ma vitalité. Mon cœur n'est manifestement pas aussi jeune et énergique que ma tête, il l'a très mal pris.
Mon cher mari, plus habitué que moi, a choisi d'en rire. Il était tout fier d'avoir trouvé mon épitaphe : « Elle est morte la veille de ses quarante ans. Elle ne voulait pas les avoir. Elle ne les a pas eus. »
C'est peut-être la soif de vengeance qui m'a tenue en vie, va savoir. Toujours est-il que je suis encore là, et que j'appartiens désormais au club des quadragénaires.
Même pas mal.
Mais je vais y aller mollo quand même.

Gros bisou à toi et à papy.

Ginie

P-S : quarante est le nouveau vingt.

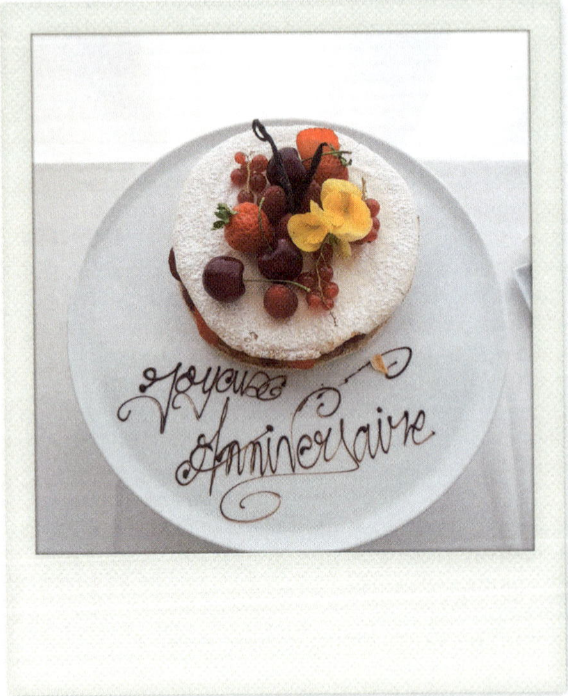
Joyeux Anniversaire

Bordeaux, le 19 juin

Chère mamie,

J'espère que tu vas bien. Moi ça va, même si je crois qu'il y a une erreur quelque part : ce n'est pas possible que j'aie quarante ans. Ce n'est pas possible que quarante années se soient déjà écoulées, je m'en serais aperçue. Je pense qu'il y a une erreur de calcul et j'espère que tout le monde s'en rendra compte bientôt.
En attendant, il a fallu les fêter. J'avais laissé traîner de gros indices pas du tout subliminaux dans les oreilles de mon cher mari.
Ce serait formidable de réunir tous les gens que j'aime pour une soirée. Hein, chéri ? Hein, chéri ? Youhou, tu m'entends ?
Il m'a entendue. Le jour J, avec le sourire de celui qui s'apprête à faire une surprise qui n'en est pas vraiment une, il m'a demandé de monter dans la voiture. J'ai joué l'étonnée, ah bon, vraiment, mais que se passe-t-il, et nous voilà partis sur la route.
J'avais ma petite idée sur l'endroit où nous allions, petite idée qui s'est évaporée quand on a pris le chemin inverse. Une demi-heure plus tard, nous roulions toujours et j'avais éliminé tous les lieux envisagés.
On était au milieu de nulle part, on croisait de rares voitures, quelques maisons récalcitrantes, la vie avait déserté. Mon cher mari sait à quel point je crains les endroits isolés. Lorsque nous avons pénétré dans un village où même la 4G n'avait pas osé s'aventurer, j'étais à deux doigts de demander le divorce pour

non-connaissance de sa propre épouse, mais j'ai pris
la décision d'attendre de rejoindre la civilisation.
Au bout d'une heure, nous avons croisé un mouton
mort. Mon mari a arrêté la voiture au bord d'un champ
et a cherché quelque chose sur son téléphone
(la route, sans doute, mais j'avais trop peur
pour demander). Le réseau étant parti voir ailleurs
si on y était, il est sorti pour passer un coup de fil.
J'ai failli prendre le volant pour m'enfuir,
mais je préfère avoir peur à deux que seule.
Finalement, après vingt minutes et plusieurs appels,
nous sommes arrivés devant une grande maison
en pierre comme je les aime (coucou les araignées).
On est descendus de la voiture, il n'y avait pas un bruit.
Mon cœur battait en courant continu.
Mon cher et tendre était en fait un tueur en série
de néo-quadragénaires, j'allais mourir dans le désert
et être dévorée par des araignées.
Je devais avoir la tête d'un lapin face à un chasseur
quand vous êtes tous sortis en criant SURPRIIIIIIIIISE !
Ma famille, mes amis, tous réunis pour un long
week-end.
Je me suis tournée vers l'instigateur, il était fier,
je me suis dit qu'on allait attendre un peu,
pour le divorce.

Bisous à toi et à papy, et merci d'avoir fait la route
pour moi.

Ginie

Été

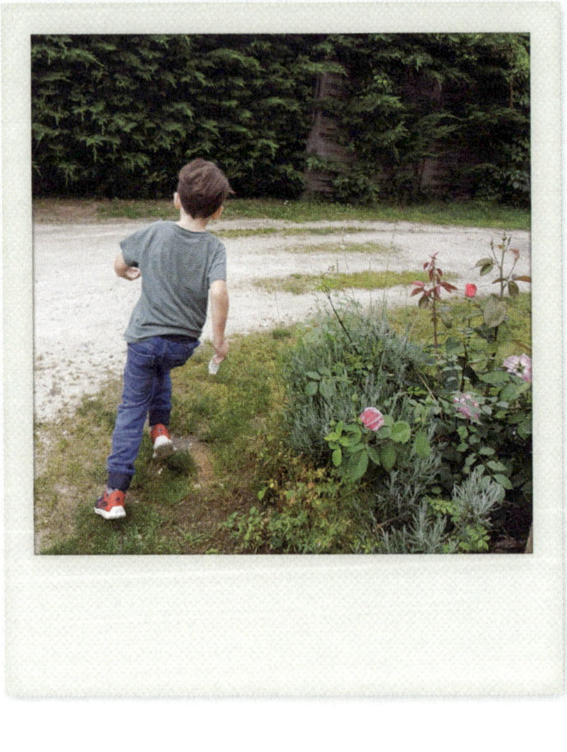

Bordeaux, le 25 juin

Chère mamie,

J'espère que tu vas bien et que papy aussi.
Hier, nous avons enfin pris la décision de faire couper les boucles de notre cher enfant. Il faut dire qu'elles ressemblaient de moins en moins à des boucles et de plus en plus à des baguettes, mes incantations au dieu Provost n'y ont rien changé. Et puis, il voulait avoir les cheveux courts, nous avons donc pris rendez-vous. Pendant que la coiffeuse s'affairait, j'ai bien vu qu'il n'était plus très sûr. Alors j'ai fait du zèle d'enthousiasme, j'ai multiplié les oh et les ah, j'ai assuré qu'il était magnifique, canon, trop beau, parfait, qu'on aurait dû le faire bien plus tôt. Il n'avait pas l'air d'y croire. Cependant, quand la coiffeuse lui a avoué qu'il allait courir plus vite, son visage s'est illuminé. À peine la coupe terminée, il est sorti du salon en courant, a rejoint la maison en courant, a joué en courant, a rangé ses jouets en courant, a mangé en courant, a dormi en courant. En deux jours, en a entendu approximativement 564 654 354 fois « vous avez vu comme je cours vite ! ».
Et puis, le drame. Une chute à l'école, un bobo au genou, il est rentré la tête basse et le moral aussi.
Il nous a raconté qu'il était en train de courir après un copain, mais qu'il allait beaucoup trop vite maintenant, alors il était tombé. Il a dégainé son regard implorant et m'a demandé si on pouvait retourner chez la coiffeuse pour qu'elle lui recolle ses boucles.

Gros bisous à toi et à papy.

Ginie

P-S : ça me fait pareil quand je me rase. Je ne cours pas plus vite, mais je perds deux kilos d'un coup.

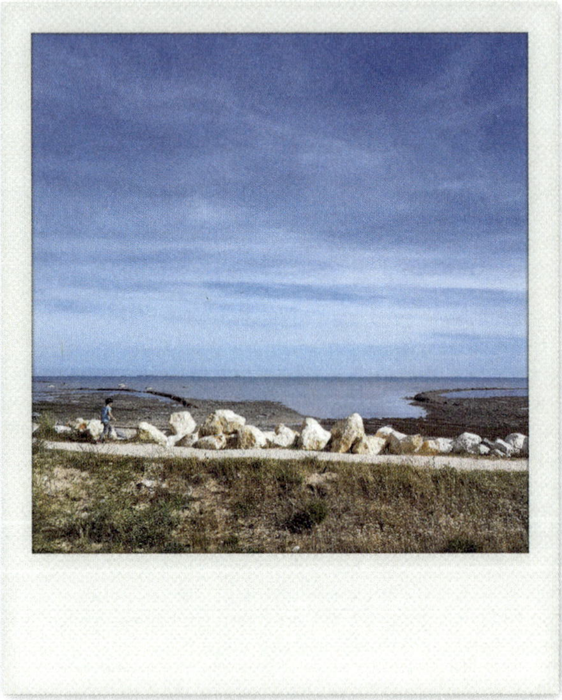

Île de Ré, le 4 juillet

Chère mamie,

Nous sommes bien arrivés à l'île de Ré après une route sans encombre. La vue est superbe, la météo clémente et la piscine parfaite. J'ai prévu une bonne vingtaine de livres, je n'arrivais pas à choisir, j'ai cru que mon cher mari allait faire une attaque lorsque je les ai rangés dans le coffre déjà plein. Je lui ai promis une pipe, ça l'a calmé. J'espère qu'on en trouve dans le coin.
Je t'écrirai tous les jours pour te donner des nouvelles.

Gros bisous à toi et à papy.

Ginie

P-S : j'étais contente de mon maillot de bain blanc, quand je suis sortie de la piscine tout à l'heure les messieurs étaient contents aussi.

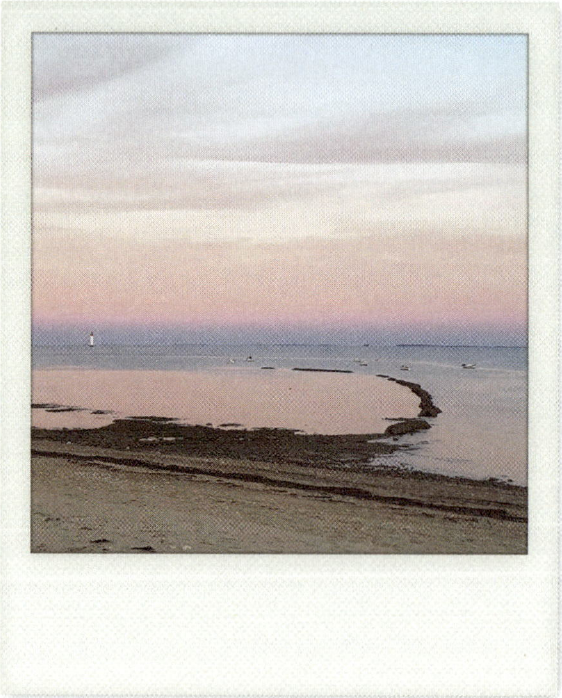

Île de Ré, le 5 juillet

Chère mamie,

Nous avons passé une bonne nuit. Le matelas est confortable et les voisins silencieux. C'est avec eux que j'aurais dû dormir, car mon cher mari possède une particularité étonnante : son nez siffle en zone humide. Notre cher enfant, quant à lui, ronfle par tous les climats. J'ai dormi, ne t'en fais pas, mais, chaque fois que je plongeais dans le sommeil réparateur, BIM, je me réveillais en sursaut, attaquée par un sanglier ou une armée de rossignols. Sans parler de la fois où quelqu'un a sonné le clairon, mais il n'est pas exclu qu'il y ait un lien avec les haricots d'hier soir.
Je t'écris vite.

Grosses bises à toi et à papy.

Ginie

P-S : hier soir, le ciel était rose et la mer aussi. C'était beau, on aurait dit du Francis Lalanne.

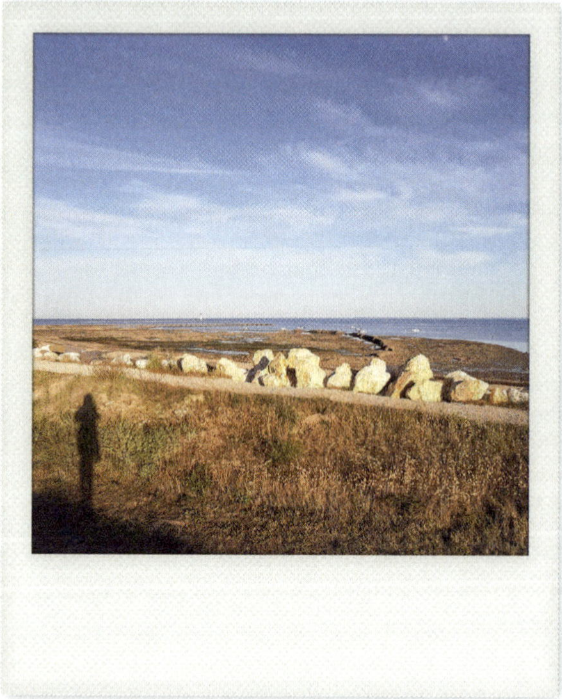

Île de Ré, le 6 juillet

Chère mamie,

Les vacances se passent bien, entre farniente, découverte des environs et baignades.
Ce matin, je suis allée chez l'esthéticienne. J'avais prévu de me faire épiler avant le départ, mais je n'ai pas trouvé le temps. Hier, quand je me suis entravée dans mes poils, j'en ai déduit que c'était le moment.
Elle s'appelait Jessica et elle était très douce. Elle a commencé par les aisselles, puis a entamé les jambes. Elle avait presque fini quand elle m'a demandé si elle faisait les pieds aussi. J'ai éclaté de rire, la bonne blague, trop drôle.
Elle ne rigolait pas. J'ai regardé mes pieds, pour m'assurer que je ne m'étais pas transformée en hobbit dans la nuit, et j'ai dit non merci.
Elle a eu l'air déçue. Alors, un peu plus tard, quand elle m'a demandé si on faisait le SIF, même sans savoir ce que c'était je n'ai pas osé refuser.

Gros bisous à toi et à papy.

Ginie

P-S : si ta voisine t'ennuie encore avec les branches du cerisier, tu n'as qu'à lui dire de se les mettre dans le SIF.

P-S 2 : il y a beaucoup de crabes ici, ma nouvelle démarche passe inaperçue.

MAGNET

Île de Ré, le 7 juillet

Chère mamie,

Les vacances se poursuivent dans la quiétude la plus totale. Mon cher enfant est plus sage que jamais et j'ose penser que ce serait le cas même sans le mélange vodka-Lexomil.
Ce matin, nous sommes allés au marché.
C'était pittoresque, avec tous ces fromages et ces saucissons, à un moment l'odeur m'a ramenée vingt ans en arrière, dans la maison du Sud que nous louions ensemble pour les vacances, quand papy retirait ses chaussures le soir.
Sur un stand, une dame vendait des magnets peints à la main, ils étaient magnifiques. J'ai demandé à mon fils d'en choisir un qu'on collerait sur le frigo, il a observé l'ensemble un moment, puis il s'est écrié :
« Moi ze veux le rouze avec un cinq, il est trop magnifique ! »

Gros bisous à toi et papy.

Ginie

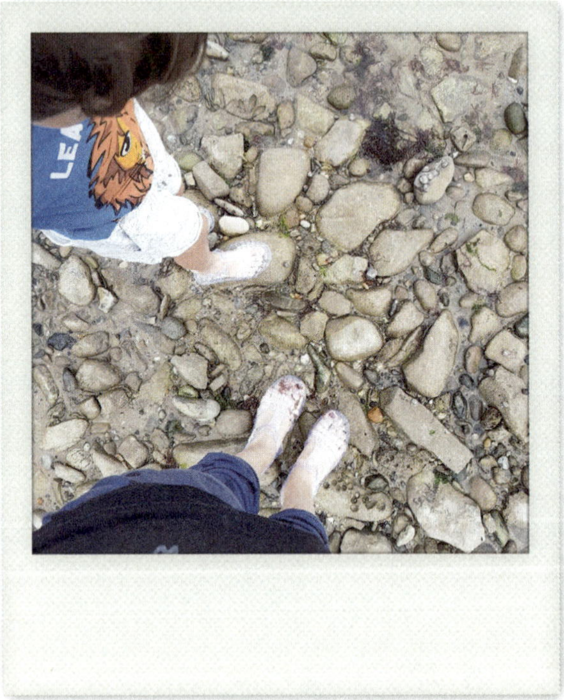
LEA

Île de Ré, le 8 juillet

Chère mamie,

Ce matin, mue par une sorte d'absence,
j'ai proposé à mon cher enfant de profiter
de la marée basse pour aller observer les crabes.
Il n'était pas très chaud, j'ai dû user de ruse
pour le persuader qu'il ne risquait pas de se faire
attaquer. (« Ne t'inquiète pas, mon chéri, tant
que les crabes n'auront pas compris qu'on court
plus vite tout droit, tu ne risqueras rien. »)
Je nous avais acheté des méduses, tu sais,
ces chaussures en plastique qui te donnent l'air fin.
C'était ça ou des Crocs, mais il y a des limites à tout.
Nous avons marché un moment, enfin j'ai marché
un moment, l'enfant aimant tellement ses nouvelles
chaussures qu'il ne voulait pas les souiller
dans le sable, puis nous avons atteint un endroit
entre vase et pierres noires, on se serait crus
sur la lune.
On s'est accroupis, j'ai soulevé une pierre et trois
crabes se sont mis à courir dans tous les sens.
Le petit a hurlé, j'ai essayé de le rassurer,
mais le plus gros des trois crabes avait visiblement
envie d'en découdre. Grosse pince en avant,
yeux exorbités, il s'est élancé vers moi à toute vitesse,
entraînant dans son sillage des copains énervés.
J'ai crié, l'enfant a crié, j'ai fait un pas en arrière,
mon pied a buté contre une pierre, je suis restée
plusieurs secondes à mouliner des bras
et à faire contrepoids avec mes fesses pour rétablir
l'équilibre, en vain.

J'ai regagné la chambre la tête haute et la démarche assurée, faisant fi des éclats de rire de mon fils
et des regards compatissants de nombreux pêcheurs de bigorneaux.
La tête haute et la démarche assurée, avec une chaussure en moins, un pantalon ajouré, un masque de vase sur les cheveux et une patte qui traîne.

Gros bisous à toi et à papy.

Ginie

P-S : ce soir, je mange un tourteau.

Île de Ré, le 9 juillet

Chère mamie,

Aujourd'hui nous avons fait du vélo. Cette phrase devrait te suffire à rire pendant trois jours, mais laisse-moi te raconter cela en détail.
L'hôtel dispose d'un service de location de vélos, c'est pour cette solution que nous avons opté.
Mon cher enfant s'est installé dans une carriole tractée par le vélo de son père, je me suis contentée de me tracter moi-même, c'est bien suffisant.
Arrivés au bout du chemin, je regrettais déjà.
Avec mes accidents de crabe et d'épilation, j'avais déjà acquis une démarche originale. Après avoir passé deux heures sur une selle aussi dure que Greg le millionnaire, je ne suis pas sûre de pouvoir remarcher un jour.
Au kilomètre 1, je voulais faire demi-tour.
Au kilomètre 2, je maudissais le vent de s'être ligué contre moi.
Au kilomètre 3, je menaçais de mort chaque trou et chaque bosse sur la chaussée.
Au kilomètre 4, j'ai demandé à mon fils de me laisser sa place dans la carriole, sous peine de dentiste.
Il a refusé.
Au kilomètre 5, je me suis couchée au sol, haletante, et je leur ai conseillé de m'abandonner là,
je les ralentissais.

Mon cher mari a argué que, si j'étais fatiguée,
je n'avais qu'à le dire et on rentrait. J'ai rétorqué que
pas du tout, j'allais très très bien, mais que lui,
en revanche, il avait une mine inquiétante.
Pour son bien, et même si je le regrettais infiniment,
il valait mieux mettre un terme à cette merveilleuse
balade.
Je suis une mère pour lui.

Gros bisous à toi et à papy.

Ginie

P-S : ne fais jamais de vélo en string.

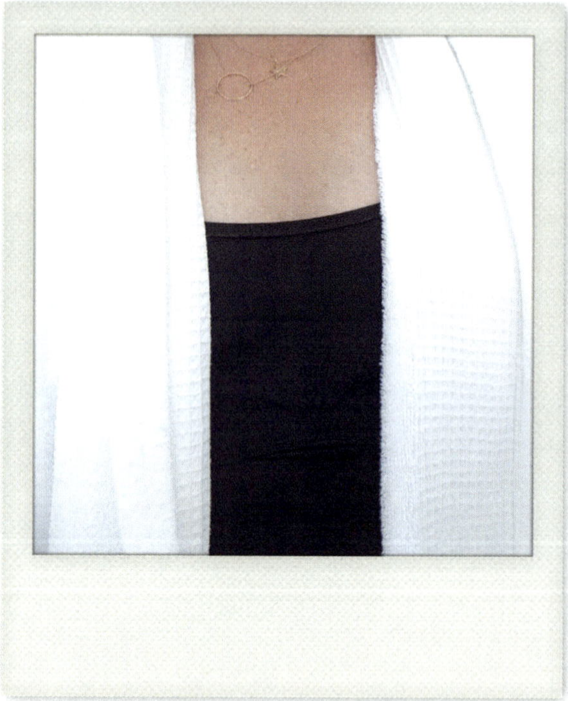

Île de Ré, le 10 juillet

Chère mamie,

Je pensais n'avoir rien à te raconter en ce dernier jour à l'île de Ré. Et puis, une dernière fois, je suis allée à la piscine. J'avais enfilé mon vieux maillot, celui qui bâille un peu, celui dont le noir ne l'est plus vraiment. Quelle ne fut pas ma surprise de constater l'effet qu'il avait !
Alors que je marchais le long du bassin, les regards me suivaient, les yeux se jetaient sur moi, les sourires m'accueillaient, les chuchotements me faisaient la haie d'honneur. L'espace d'un instant, j'étais Monica Bellucci, j'ai rentré le ventre, cambré le dos, levé le menton.
J'ai pénétré l'eau comme si je tournais une pub, j'étais une sirène, j'étais une bombe, j'étais, j'étais... J'étais en train de caresser ce maillot merveilleux lorsque j'ai senti une couture. Plus bas, mes doigts ont buté contre la petite pochette qui recueille le sable.
J'ai attendu qu'il n'y ait plus personne, je suis sortie à la hâte et, en rasant les murs, j'ai rejoint les douches pour remettre mon maillot à l'endroit.

Bisous à papy et à toi.

Ginie

P-S : la prochaine fois, j'y vais à poil.

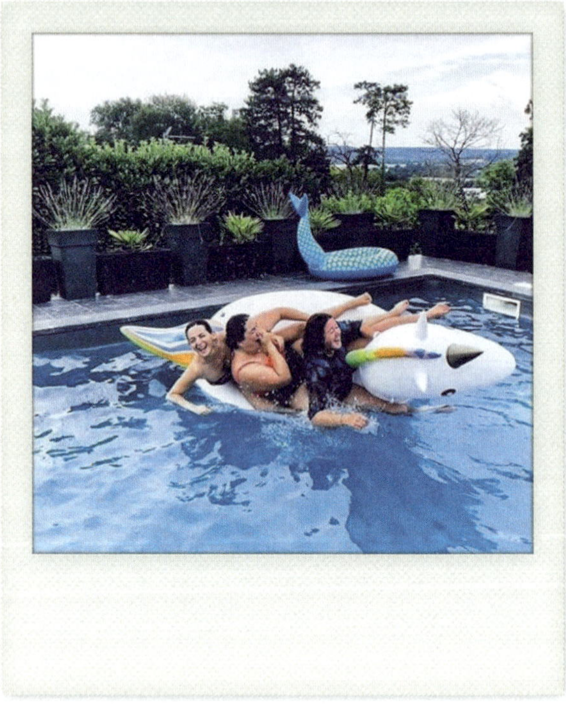

Périgueux, le 15 juillet

Chère mamie,

Nous sommes bien arrivés chez Cynthia où nous allons passer quelques jours. Il y a aussi Serena, ainsi que nos familles. Je suis très heureuse de retrouver mes amies. Tellement, que quand elles m'ont proposé de fêter nos retrouvailles à dos de licorne, je n'ai pas hésité.
À la première tentative, j'ai touché le fond de la piscine.
À la deuxième tentative, j'étais un peu plus près des étoiles de mer.
À la troisième tentative, mon maillot de bain m'a zoum zoum zem, à moins que ce ne soit la corne de l'animal.
On a finalement réussi à dompter la bête sauvage, mais l'instant fut trop furtif pour l'appareil photo.
On l'aura avant la fin du séjour, j'en fais une affaire personnelle.
Tu m'excuseras, cette carte n'a pas de chute.
J'en ai marre des chutes.

Bisous à toi et à papy

Ginie

P-S : glouglouglou.

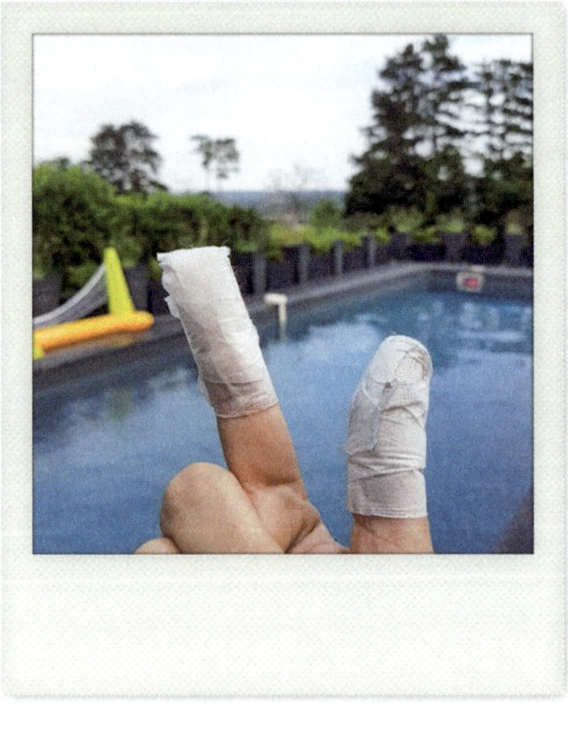

Périgueux, le 16 juillet

Chère mamie,

J'espère que tu vas bien.
Mes vacances se poursuivent dans la sérénité, même les enfants sont calmes et j'aime à croire que ce n'est pas uniquement parce que nous ne nourrissons que ceux qui restent immobiles et silencieux.
Ce matin, avec mes amies Serena et Cynthia, nous avons décidé que la journée serait active.
On a donc enchaîné piscine, lecture et sieste.
Nous sommes épuisées. Quand j'ai regardé combien de pas j'avais effectués, l'écran de ma montre affichait « VOUS ÊTES DÉCÉDÉE ».
J'ai tout de même trouvé l'énergie de prendre une douche, puis de m'épiler les sourcils, parce que même en vacances il est interdit de porter la moustache au-dessus des yeux. Seulement voilà, j'y voyais mal, les spots accrochés au-dessus du miroir étant mal orientés. Je sens que le suspense est à son comble et que tu brûles d'envie de connaître la suite, je vais donc faire bref :
ta petite-fille adorée s'est prise pour Claude François.
Ne t'inquiète pas, j'ai juste perdu deux doigts dans l'histoire. Mais a-t-on réellement besoin de dix doigts ?

Bisous à toi et à papy.

Ginie

P-S : je n'ai pas eu le temps d'épiler le sourcil droit.

P-S 2 : mais a-t-on vraiment besoin de deux sourcils égaux ?

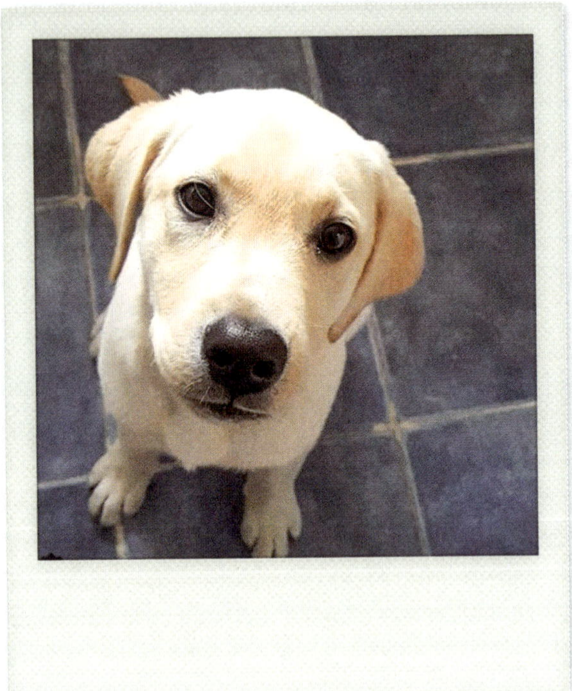

Périgueux, le 17 juillet

Chère mamie, nos vacances se poursuivent dans la joie et la bonne humeur.

Aujourd'hui, nous sommes allés nous promener dans le centre de Périgueux. Les façades en pierre avaient un petit air d'avant, une légère brise rendait la chaleur agréable. Nous déambulions lentement entre les effluves de mets locaux quand tout à coup, au beau milieu d'une ruelle pavée, Orson, le chien de Cynthia, a décidé de lâcher du lest.
Cynthia étant une maîtresse civilisée, elle a immédiatement dégainé les sacs à caca et nettoyé la scène de crime. Sur le trottoir, un monsieur dégarni ne lui a pas laissé le temps de finir :
« Faut nettoyer mieux que ça ! »
Mon amie, pensant qu'il s'agissait d'un commerçant, lui a demandé s'il avait de l'eau, afin qu'elle rince les résidus. Le gentleman a répliqué « C'est votre merde, pas la mienne », avant de sortir son téléphone pour filmer la scène.
Étonnée, je me suis approchée de lui.
– Monsieur, pourquoi vous filmez ?
– Je fais ce que je veux.
– Ben pas vraiment, vous n'avez pas le droit.
– Je fais ce que je veux.
J'ai ri face à tant de repartie.
– Arrêtez de rire ! m'a-t-il ordonné. Je fais ce que je veux.
– Alors vous, vous pouvez faire ce que vous voulez, et nous non ? est intervenue Cynthia.
– Ouais, je fais ce que je veux, a-t-il répété en se levant et en bombant le torse.

– Vous allez faire quoi ? ai-je demandé.
– Je fais ce que je veux.
J'avais rarement connu débat plus intellectuel,
je ne me sentais pas à la hauteur, j'ai donc décidé
de m'éloigner en souhaitant au brave homme
une magnifique journée.
– Et allez vous faire dégraisser ! a-t-il crié.
J'ai regardé Cynthia, Cynthia m'a regardée,
j'ai vu qu'elle faisait la même chose que moi :
elle cherchait la repartie qui tue, celle qui lui ferait
baisser les armes. Au bout de quelques secondes,
je me suis lancée :
– Et vous, eh ben, euh, allez vous faire coller
des cheveux sur la tête !
Même pas impressionnée, Cynthia a enchaîné :
– Ouais d'abord ! Et j'espère qu'un pigeon passera
au-dessus de vous et qu'il aura la gastro !
Il est resté coi. On l'avait soufflé.
Nous aussi, on s'était autosoufflées. On venait
de découvrir qu'on avait la repartie la plus pourrie
de l'univers.

Bisous à toi et à papy.

Ginie

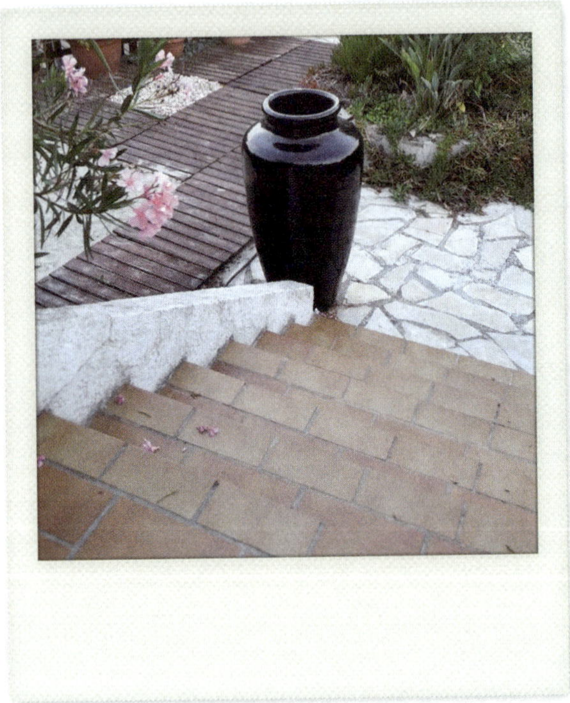

La Ciotat, le 20 juillet

Chère mamie,

Je t'écris de la maison de nos amis Justine et Yannis, où nous passons quelques jours. Il fait un temps magnifique et une chaleur à vivre dans un pot de glace. Aussi, après le déjeuner, quand ils sont tous partis faire une sieste, j'ai rejoint la piscine en sifflotant. Pour une fois, j'allais en profiter seule, ce qui veut dire sans enfants, ce qui veut dire sans être un plongeoir, une baleine ou la cible de pistolets en mousse.
L'eau était délicieuse. Ni trop fraîche ni trop chaude. Je l'ai laissée m'envelopper, je flottais sur le dos en regardant le ciel bleu, je ne sais pas si le paradis existe, mais ces quelques minutes y ressemblaient drôlement.
Et puis, j'ai pris conscience que je n'avais pas mis de crème solaire. Les deux parties de mon cerveau se sont mises à me parler.
La raison : « Va chercher la crème solaire, couillonne, tu vas ressembler à un tourteau. »
La pas raison : « Reste là, t'es bien dans l'eau, profite ! »
La raison : « Je te préviens, tu vas pleurer à chaque mouvement cette nuit. »
La pas raison : « Pour une fois que tu peux te baigner sans que les gosses te prennent pour une bouée. »
La raison : « Et le cancer ? Tu y penses au cancer ? »
Je ne suis pas du tout hypocondriaque, comme tu le sais, mais, dans le doute, je suis sortie de l'eau et suis retournée dans la maison pour me recouvrir

d'une couche de dix centimètres d'écran total.
J'en ai mis sous les pieds, aussi, sait-on jamais.
Puis je suis redescendue à la piscine.
Je dis « redescendue », car il y a huit marches entre la piscine et la maison.
Des marches carrelées.
Avec des pieds glissants.
Je ne vais pas faire durer le suspense. Tu vois une aurore boréale ? Bon, eh bien, j'en ai une énorme sur la fesse.
Moralité : Tant va la cruche à l'eau qu'à la fin, ça fait mal au cul.

Bisous à toi et à papy.

Ginie

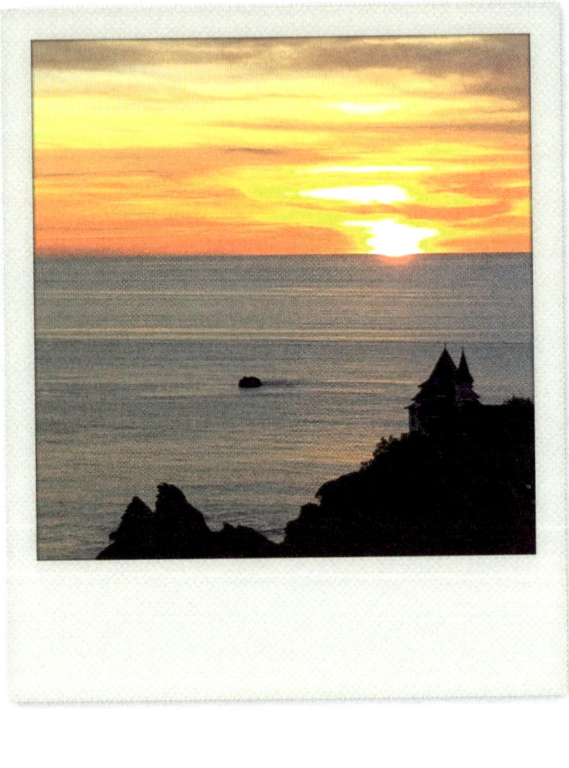

Biarritz, le 2 août

Chère mamie,

Nous sommes bien arrivés à Biarritz après une route sans encombre (l'enfant pris d'une urgente envie d'aller aux toilettes dans les embouteillages est-il un encombre ?). Comme nous l'avions laissée l'année dernière, la vue est magnifique. Lorsque le soleil a entamé sa dégringolade sur l'horizon, j'ai appelé mon fils sur le balcon afin qu'il ne loupe pas le spectacle. Il n'est pas venu, tout occupé qu'il était à nous faire comprendre qu'il était très très mécontent qu'on ne l'autorise pas à jouer à Sonic sur la tablette.
J'ai insisté (Viens, mon chéri, c'est magnifique), aucune réaction.
J'ai insisté encore (Chéri, viens voir, vite, bientôt il ne sera plus là !), pas de mouvement.
Je me suis assurée qu'il respirait encore, et je suis passée au niveau supérieur (Si tu viens, je sors les gâteaux d'apéro), échec cuisant des Curly.
Le soleil ne montrait plus que la moitié de lui, le temps pressait, aux grands maux les grands remèdes, un tiens vaut mieux que la charrue avant les bœufs, je l'ai rejoint, l'ai regardé droit dans ses yeux cachés sous ses sourcils froncés, et je lui ai expliqué que s'il ne venait pas s'extasier devant le coucher de soleil, je me verrais dans l'obligation de buter ce petit bâtard de Sonic et qu'il ne le reverrait plus jamais.

Il a ouvert de grands yeux, puis la bouche, et il a crié en direction de son père : « Hé, papa, maman elle croit que Sonic il existe vraiment ! »
Je te jure que même le soleil s'est foutu de moi.

Gros bisous à toi et à papy.

Ginie

P-S : ils avaient prévu de la pluie, alors j'avais mis des Bensimon, mais en fait il a fait chaud. Un conseil : ne mets jamais de Bensimon sans chaussettes quand il fait chaud.

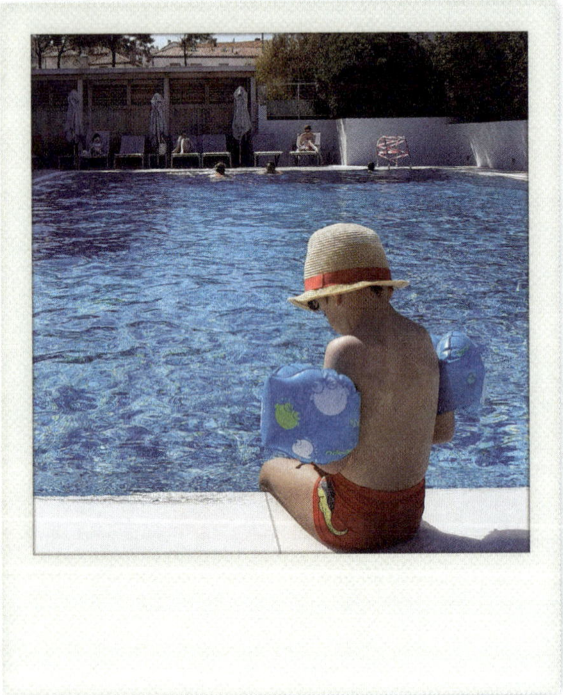

Biarritz, le 3 août

Chère mamie,

J'espère que tu vas bien. Nous avons passé une journée très agréable, Évelyne Dhéliat était de bonne humeur. Nous avons donc profité de la piscine de l'hôtel pendant quelques heures, enfin surtout du bord – quand j'ai plongé un orteil dans l'eau, j'ai cru que j'allais le perdre (l'orteil, pas les eaux). Le seul à avoir osé braver la glace est mon cher enfant, sans doute parce qu'il ne connaît pas encore la valeur d'un orteil.
Depuis mon transat, alors que je le surveillais, une satisfaction intense m'a envahie : mon fils était le seul enfant à ne pas hurler, faire des bombes, couler ses congénères. J'étais la fière maman de ce petit ange, voilà comment je crânais.
J'en étais à me dire que j'allais offrir mes conseils avisés aux autres parents, les pauvres, ils ne savaient sans doute pas s'y prendre, lorsque la chair de ma chair est sortie du bassin (par l'échelle) et s'est postée face à moi, fier comme un paon.
Je lui ai souri, il a gloussé et, assez fort pour que la région entière l'entende, a lâché :
– Z'ai fait pipi dans la piscine, c'est trop rigolo !
J'ai fait comme si je ne le connaissais pas et je me suis cachée derrière un livre.

Gros bisous à toi et papy.

Ginie

P-S : après réflexion, je pense qu'il a simplement voulu réchauffer l'eau. Un génie.

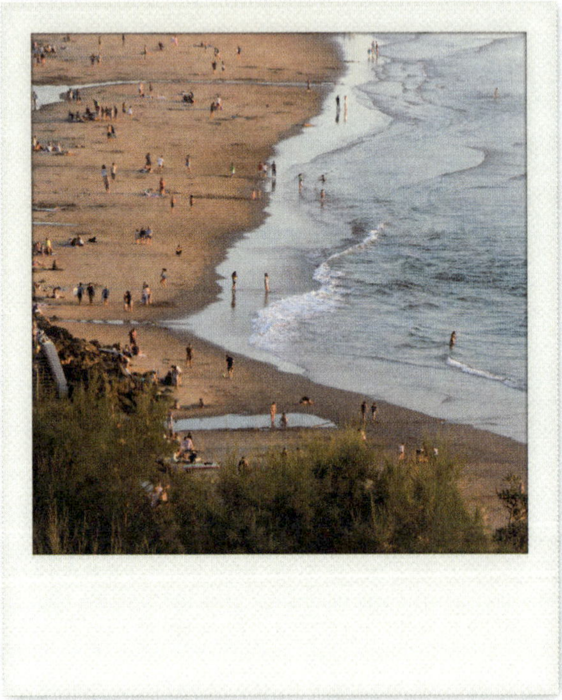

Biarritz, le 4 août

Chère mamie,

Les vacances se poursuivent dans la quiétude. Aujourd'hui, les nuages et le vent se disputaient les faveurs d'Évelyne Dhéliat, nous avons donc choisi d'oublier les maillots de bain et de profiter de la ville.
Les plages étaient désertes et les rues noires de monde, on venait de trouver une place sur un banc après avoir fait la queue vingt minutes pour une glace, on s'est assis en soupirant d'aise, on est bien là, hein, pas vrai, oh, tiens, ce ne serait pas une goutte que j'ai sentie ? Ah oui, en voilà une autre ! À peine le temps de se lever que la totalité des réserves d'eau de la planète se déversait sur nous. On a couru se mettre à l'abri sous un porche, notre cher enfant pleurait, sa boule vanille flottait dans son pot, j'avais les cheveux collés sur les joues, les pieds de mon mari faisaient ploc ploc.
Deux minutes plus tard, grand soleil et grosse chaleur, la météo du Pays basque est bipolaire. Les mèches et les chaussures ont séché, la glace a été remplacée, les rues se sont vidées et les plages remplies. C'est à ce momont que mon fils adoré a émis le souhait d'aller jouer sur la plage. Nous avons accepté, à condition qu'il ne se baigne pas, puisque nous n'avions ni maillot ni serviette.
Il a promis.

Il n'a pas vraiment trahi sa promesse, il ne s'est pas
vraiment baigné, disons qu'il jouait tout au bord
de l'eau quand une vague l'a fait tomber.
Zen comme je suis, tu me connais, j'ai pensé
aux lames de fond qui emportent les gens au large,
j'ai bondi sur mes pieds, couru à sa rescousse,
je l'ai aidé à se relever sans faire attention
à ce qui arrivait derrière moi.
Une autre vague.
Sur le chemin du retour, c'était ma culotte qui faisait
ploc ploc et ma dignité qui avait fondu.
L'année prochaine, on part dans le désert.

Gros bisous à toi et à papy.

Ginie

P-S : ce matin, j'avais fait un brushing.

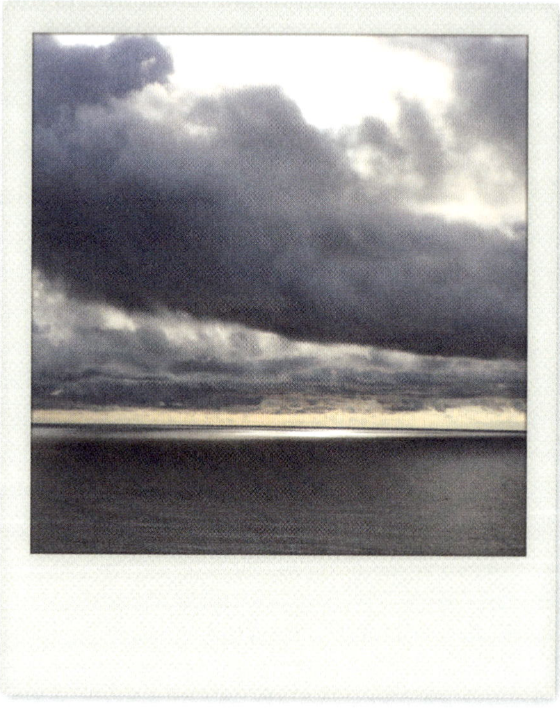

Biarritz, le 5 août

Chère mamie,

Nous avons un temps magnifique. Après déjeuner, il faisait même très chaud. Nous avions le sac de plage dans le coffre, nous avons donc décidé d'y aller (à la plage, pas dans le coffre). On n'était visiblement pas les seuls à avoir eu l'idée.
On s'est frayé un chemin jusqu'à un petit carré de sable libre et on s'est installés. On avait juste omis un détail : les maillots de bain étaient dans le sac.
Pas un souci pour notre cher fils, qui s'est mis à poil comme s'il était dans la salle de bains, ni pour mon cher mari, qui ne met JAMAIS son maillot avant d'être sur le sable, et qui a donc développé une technique d'enfilage qu'il pense discrète, allongé sous la serviette. Tu te souviens de la pub « voilà la chenille » ? Ça donne un aperçu.
Forte de mon expérience en contorsions (j'ai été enceinte), je les ai laissés partir à l'eau, persuadée de m'en sortir beaucoup plus facilement que la chenille.
J'opte pour la position debout.
J'enroule un drap de bain autour de mon corps et je le coince entre mes dents. Une cabine d'essayage improvisée.
Je fais glisser ma robe à mes pieds. J'ôte mes sous-vêtements. Facile.
J'attrape mon maillot de bain. Il est encore un peu humide de la piscine du matin.
J'enfile la jambe droite. *Fingers in the nose*.
Je lève le pied gauche pour faire passer l'autre côté.
Je tangue, mais je me rattrape.

Deuxième essai. Je lève le pied gauche, je contracte
ma jambe droite pour garder l'équilibre, je penche,
je redresse, je bascule, j'essaie de reposer le pied,
il se coince dans le maillot, je sens que je vais tomber,
la peur me fait ouvrir la bouche.
Desserrer les dents.
La serviette tombe.
Pleine lune sur la plage de Biarritz.
J'ai pris un air tout à fait innocent, genre
« C'est exactement ce que j'avais prévu de faire »,
enfilé mon petit traître de maillot et rejoint la chenille
dans l'eau pour lui dire qu'elle avait raison.
Et la noyer parce qu'elle rigolait un peu trop.

Gros bisous à toi et papy.

Ginie

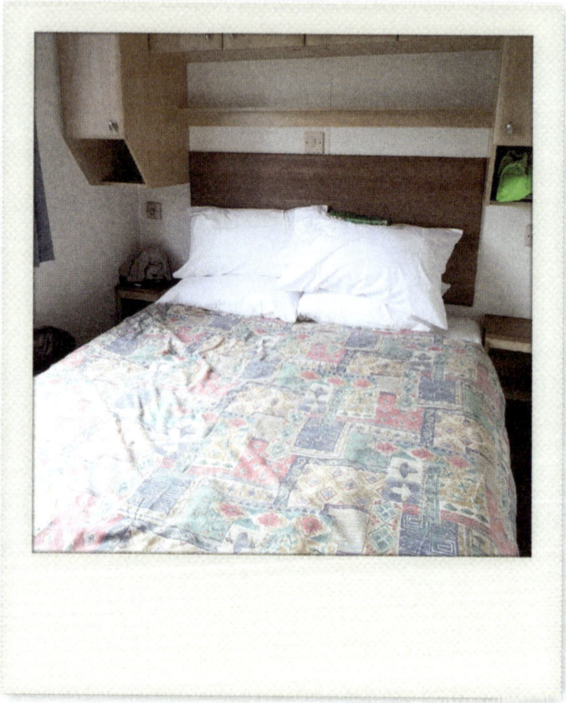

Royan, le 16 août

Chère mamie,

Nous sommes bien arrivés dans le mobile home où nous allons passer une semaine avec mon amie Serena. Cette dernière ayant été retardée par ceux qui cherchent à nous faire préférer le train, j'ai entrepris de tout préparer pour son arrivée.
J'ai rangé les vivres achetés au supermarché du coin, j'ai installé nos affaires dans les placards et j'ai fait les lits. C'était la partie la plus pénible, tu sais, avec ma tendinite à l'épaule, pas facile d'enfiler des draps et d'introduire des couettes dans leur housse. À force de persévérance, de quelques contorsions et de nombreux gros mots, j'ai toutefois réussi. Au terme d'une heure d'efforts, le grand lit et les quatre petits étaient faits.
Fière de mon exploit, j'ai décidé d'envoyer un message à Serena pour me vanter de mon exploit. Mais impossible de mettre la main sur mon téléphone. Et personne pour le faire sonner.
Je ne vais pas faire durer le suspense.
J'ai défait le premier lit, pensant trouver mon téléphone sous le drap. Il n'y était pas.
Il n'était pas non plus dans la housse de couette, je l'ai retirée pour m'en assurer.
Alors j'ai défait le deuxième lit.
Et le troisième.

Et le quatrième.
Et le cinquième.
J'ai finalement retrouvé mon téléphone, il me regardait en se foutant de ma gueule, tranquillement branché à la prise de la cuisine.
Inutile de préciser que les draps et les housses de couette sont toujours en boule, attendant qu'une âme charitable se dévoue pour les remettre en place. Mon âme à moi se repose.

Gros bisous à toi et à papy.

Ginie

P-S : ne le dis pas à Serena, mais il y a un trou dans le sol de chaque chambre, je crois que les serpents peuvent rentrer.

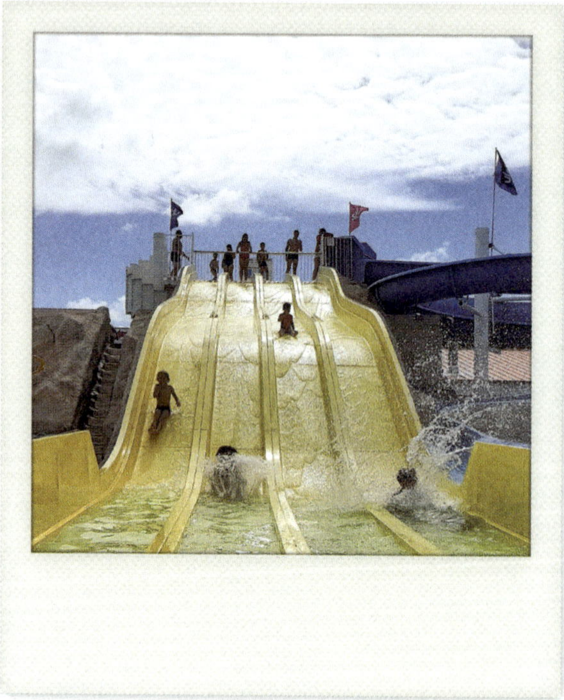

Royan, le 17 août

Chère mamie,

Aujourd'hui, Cynthia est venue nous rejoindre
au mobile home avec ses deux enfants.
Si tu comptes bien, cela fait trois adultes pour cinq
enfants. Il fallait qu'on trouve une activité qui leur
plaise sans mettre à mal nos petits cœurs
de mamans fragiles.
À l'unanimité, le gang des enfants a voté pour
les toboggans. À l'unanimité, le gang des mères
a voté pour les mots fléchés.
Leur avis était purement consultatif, ce ne sont
évidemment pas les enfants qui décident.
Comme tu peux le voir sur la photo, nous avons donc
passé l'après-midi à faire des mots fléchés et nous
n'avons absolument pas failli décéder quinze fois,
plantées au pied du toboggan à implorer le ciel
de nous lâcher une bonne vieille tempête de neige.

Grosses bises à toi et à papy.

Ginie

P-S : demain, on leur proposera de jouer
à cache-cache et on n'ira pas les chercher.

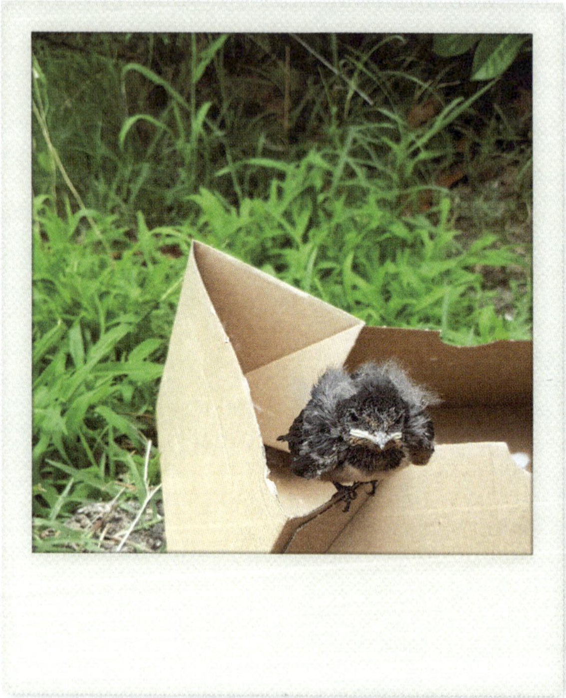

Royan, le 19 août

Chère mamie,

Ce matin, nous étions en chemin pour le cinéma afin que les enfants voient *Freddy, les griffes de la nuit* (ils doivent apprendre qu'on ne réveille pas les parents avant 10 heures du matin sans conséquence), quand une petite tache noire posée sur la chaussée a attiré notre regard.
Un petit oiseau vraisemblablement tombé du nid, qui piaillait de toutes ses forces. Les enfants ne l'avaient pas vu, on a tenté de faire comme si nous non plus, histoire de ne pas bousiller notre programme, mais l'oisillon est fourbe : on l'a distinctement entendu nous appeler maman.
La mort dans l'âme (pas la chanteuse), on s'est arrêtées pour lui porter secours.
On a demandé conseil aux responsables du camping, ils avaient autre chose à faire.
On a appelé le vétérinaire du coin, il avait d'autres chats à stériliser.
On a cherché sur Google, qui nous a conseillé de chercher le nid. Il n'y avait pas d'arbre autour, juste une route et des voitures.
Google nous a aussi appris qu'il s'agissait d'un martinet.
Plus les minutes passaient, plus on s'attachait à lui et à son petit bec qui s'ouvrait chaque fois qu'on bougeait.
On l'a appelé Jonathan, parce qu'il est jaune (presque) et qu'il attend.
Après une dizaine d'appels, nous avons fini par trouver un centre de sauvetage d'oiseaux qui

a accepté d'accueillir notre petit Jonathan. Quand on le lui a annoncé, il a souri.
Nous lui avons donné à boire et un peu de viande hachée pour qu'il résiste au trajet d'une heure,
on l'a installé dans une boîte avec du Sopalin,
les enfants ont ajouté des branches pour que ça lui rappelle son enfance et on l'a emmené
dans sa nouvelle maison.
Bilan de la journée : on n'a plus assez de viande hachée pour la bolo, on a sauvé un oiseau
qui ne nous a même pas remerciés, on a appris que Google était un gros menteur
(Jonathan est une hirondelle rustique) et on est devenue des saintes aux yeux d'enfants auprès
desquels nous avions pour projet de passer
pour des monstres.
Demain midi, on mange des nuggets.

Bisous à vous deux.

Ginie

P-S : tu ne trouves pas qu'il ressemble à papy quand il est mal luné ?

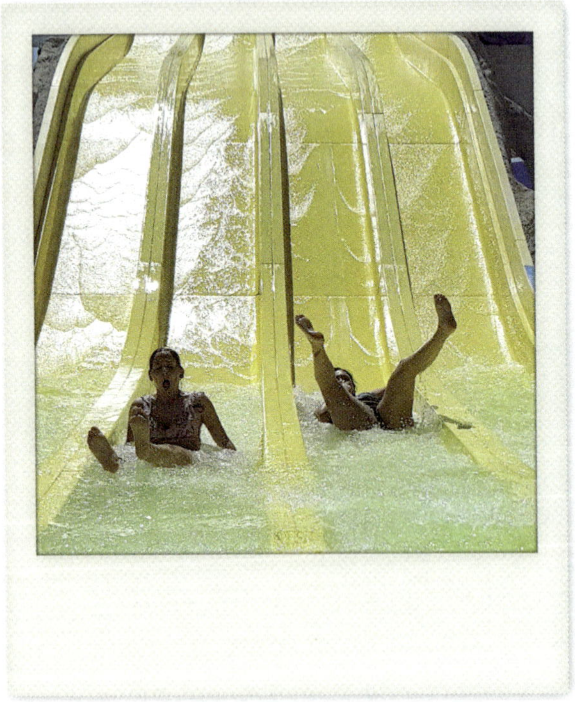

Royan, le 21 août

Chère mamie,

Aujourd'hui, le soleil a tapé fort. Sans doute un peu trop.
Il était à peu près seize heures lorsque le drame s'est joué. Serena a levé la tête du transat dans lequel elle était moulée depuis trois heures et m'a annoncé qu'elle avait envie de tenter une descente
de toboggan.
J'ai éclaté de rire.
Elle était sérieuse.
Je lui ai avoué que l'idée m'avait traversée, mais qu'elle ne s'était pas attardée, un peu comme les fantômes dans *Ghost*, tu vois ?
Deux minutes plus tard, nous étions en haut.
– J'ai les jambes qui tremblent, a déclaré Serena.
– Moi, ça va, j'ai répondu en claquant des dents.
Le maître nageur nous a indiqué de nous asseoir.
On a fait le signe de croix.
On s'est jeté un dernier regard, qui disait
« je t'aimais bien », et on s'est lancées.
Serena a crié, j'ai appelé ma mère, Serena a vomi, j'ai entendu mon périnée me dire adieu, Serena a perdu connaissance, j'ai vu mon cœur sauter de ma poitrine.
Nous sommes arrivées en bas encore vivantes, sous les regards découragés de nos enfants, qui, eux, se retournent en pleine descente pour avoir encore plus de sensations.
On s'est levées, l'air détaché, Serena m'a chuchoté que son maillot lui avait fait une coloscopie, j'ai remis mes seins à l'intérieur du mien, on a ramassé notre

dignité et regagné notre transat, les épaules droites et la tête qui se voulait haute, mais qui en réalité se balançait comme celle des chiens sur la plage arrière des voitures.

Bisous à toi et à papy.

Ginie

P-S : depuis, j'ai mal partout. Je crois que je me suis fait une tendinite du corps entier.

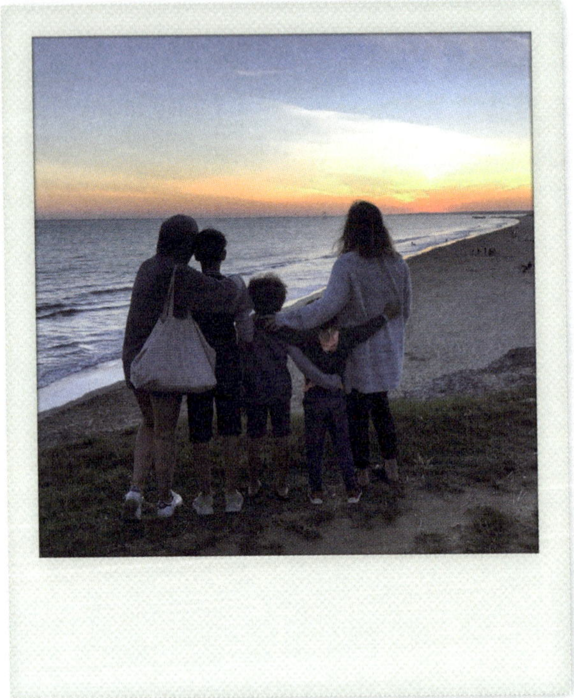

Royan, le 22 août

Chère mamie,

Il faut que je te parle d'eux.
Il y a le petit, celui qui a les cheveux presque aussi gros que le cœur. Câlin, sensible et droit, il ne veut pas aller au zoo car les animaux en cage lui font de la peine, il a pleuré quand la pelouse a été tondue, parce que les fleurs avaient été coupées, il a refusé de laisser jouer mon fils à un jeu réservé aux plus de six ans.
Il y a le grand, patient, généreux, drôle. À sa mère qui lui dit qu'il peut nous accompagner aux courses s'il le souhaite, il répond qu'il peut aussi sauter d'une falaise s'il le souhaite. Il parle peu, mais sa voix douce ne sort jamais en vain.
Et puis il y a elle. Serena. Qui cuisine les pâtes comme personne (à part toi, bien sûr), qui ne supporte pas la chaleur mais dort avec son sweat à capuche, qui me donne des coups de pied dans les tibias parce que SOI-DISANT je ronfle, qui nourrit les oiseaux blessés avec son petit doigt (après avoir failli les tuer avec une fourchette), qui connaît toutes les chansons pourries que je chante, qui retient ses larmes devant un coucher de soleil, qui retient ses peurs devant ses enfants qui se jettent dans le toboggan, qui est belle, encore plus dedans que dehors.
Elle était bien, cette semaine avec eux. Elle était simple, elle était évidente. C'est toujours risqué de partir en vacances avec d'autres personnes, on peut être déçu, le quotidien peut être un révélateur d'incompatibilités. Là, il a révélé que je veux passer les cinquante prochaines vacances avec eux.

Ce matin, après avoir rendu les clés, j'ai dit à Serena
qu'on n'avait qu'à faire comme si on se revoyait
demain. Elle a dit d'accord, on s'est fait un petit câlin,
tacite compromis entre celle qui ne fait jamais
de câlins et celle qui pourrait en faire toute la journée,
on a essuyé nos lunettes de soleil, serré les dents
en regardant nos tout petits s'enlacer maladroitement,
et puis on a repris nos chemins, la tête pleine
de souvenirs et le cœur un peu plus gros.
Je te les présenterai un jour, mamie, je sais que
tu les aimeras.

Gros bisous à toi et à papy.

Ginie

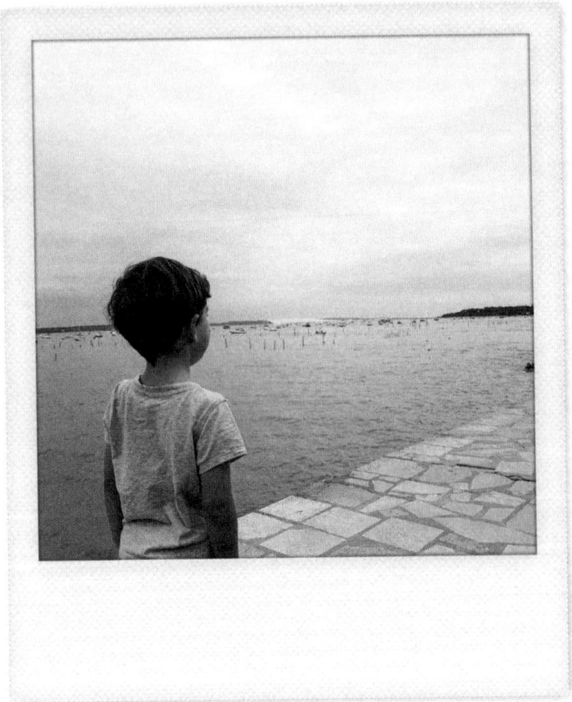

Bordeaux, le 31 août

Chère mamie,

Voilà, les vacances sont finies. C'était bon de se réveiller dans la même chambre et d'ouvrir les rideaux sur les cris d'excitation de notre fils face au paysage, de se balader en partageant une glace, de sentir ses petits bras s'agripper à moi dans la piscine, de refaire le monde face au ciel rouge, c'était bon de prendre le temps, d'être ensemble tout le temps, tous les trois. C'était bon de le voir grandir.
Cet été, il a mangé des tonnes de glaces, il a plongé dans des vagues plus hautes que lui, il a nagé des kilomètres, il a couru après des crabes, il nous a fait des millions de câlins, il a fait pipi dans la piscine, il a voulu prendre l'avion, faire du surf, aller dans l'espace (me tuer, quoi), il s'est fait des copains, il a bu la tasse, il a dormi contre moi, il a construit des tas de puzzles, il s'est extasié, il nous a raconté des histoires.
Je me suis gavée de lui, je n'en ai pas assez, j'en veux encore, mais c'est déjà la fin.
C'était bon, ces longues journées avec le lui de cinq ans. Différent de l'année dernière, différent de l'année prochaine.
C'est pour ça que, même si je suis heureuse d'avoir pu vivre tout ça avec lui, je suis triste que ce soit fini.
À plusieurs reprises, durant ces vacances, j'ai essayé très fort de mettre sur pause, mais ça n'a pas marché. Alors, j'ai ouvert mes yeux, mes oreilles, mes narines et j'ai figé ces instants pour ne jamais les oublier.

Le rire de ses cinq ans.
Ses dents de lait.
Son zozotement.
Sa main qui s'agrippe à la mienne.
Sa petite voix qui m'appelle maman.
Son nez qui se plisse quand il rit.
Ses bras en arrière quand il court comme Sonic.
Ce matin, j'avais une boule dans la gorge.
Je l'ai serré fort contre moi et je lui ai murmuré
que je l'aimais pour toute la vie. Il m'a regardée,
a réfléchi et m'a répondu :
– Moi, ze t'aime pour toute la journée !

Embrasse papy pour moi.

Ginie

Automne

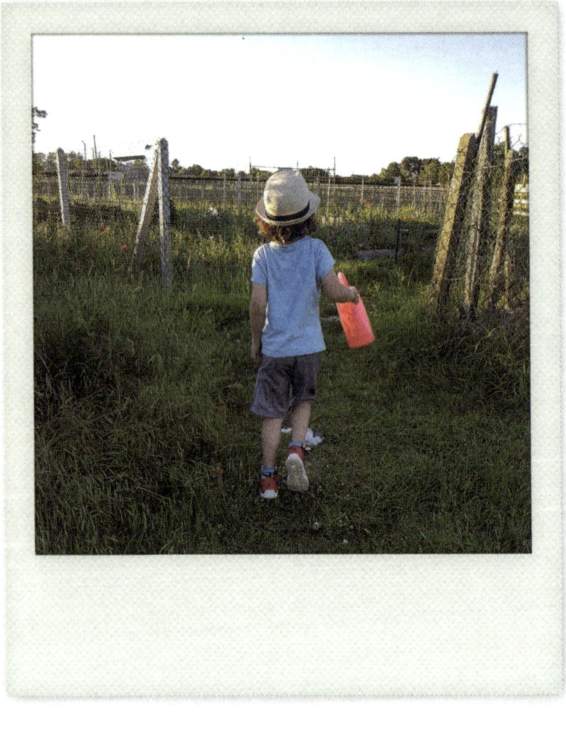

Bordeaux, le 3 octobre

Chère mamie,

Comment vas-tu ? Et papy ?
Ici, tout va bien, le petit grandit doucement, il parle de mieux en mieux.
L'autre jour, il me confiait ses malheurs, et j'en suis encore toute retournée :
– Tu sais, maman, en fait, j'ai cassé ma voiture préférée, je suis dans la Christelle.
– Ah bon, mon petit chat ? Et c'est qui, cette Christelle ?
– Eh ben, tu sais, en fait, c'est quand on est criste ! Je t'ai dit que j'étais dingue de lui ?

Gros bisous à toi et à papy.

Ginie

P-S : si ça se trouve, Jésus était juste triste.

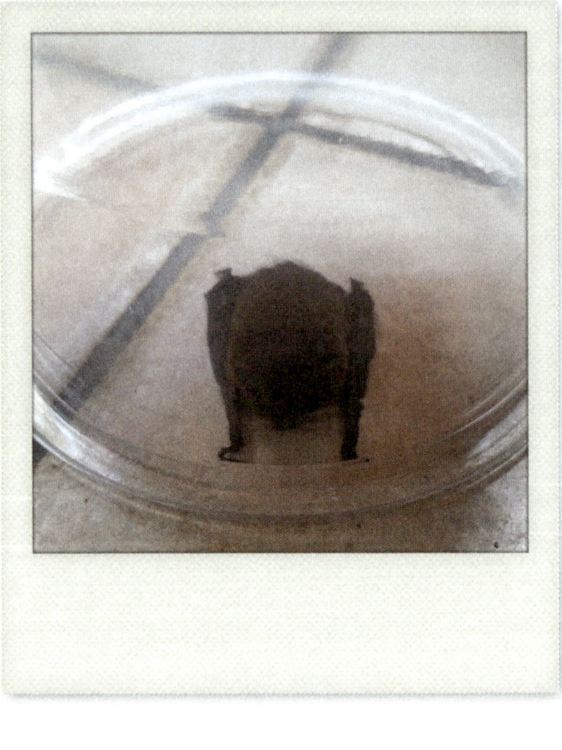

Bordeaux, le 31 octobre

Chère mamie,

Ce matin, alors que j'ouvrais les volets, quelque chose m'a perculée. J'ai cru que c'était la grâce, mais non, c'était une chauve-souris.
Je te laisse, je retourne décéder.

Ginie

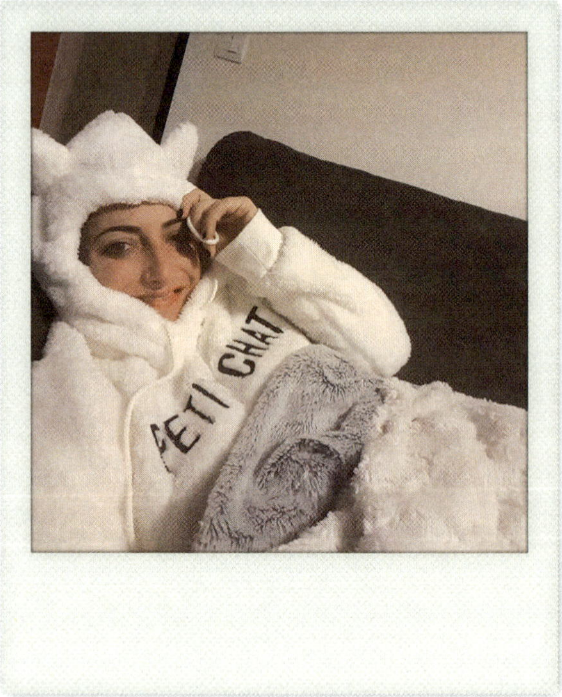
PETI CHAT

Bordeaux, le 10 novembre

Chère mamie,

J'espère que tu as passé une bonne journée. Moi oui, merci de demander, même si elle était épuisante. Après le week-end galvanisant à Brive, j'avais décidé de rester dans l'énergie, de surfer sur le dynamisme. J'avais donc mis mon réveil à 8 heures pour entamer une journée d'écriture ponctuée d'une marche rapide d'une heure et de la réponse à quelques mails. Je suis heureuse de te dire que j'ai tenu mes objectifs. Je me suis levée à 8 heures (et 120 minutes), j'ai beaucoup écrit (mon code secret pour me connecter à Netflix et à ma sœur pour lui dire que le téléfilm de M6 était nul) (mais je l'ai regardé jusqu'au bout parce que la télécommande était trop loin), j'ai effectué une marche d'une heure (5 pas aller et 5 pas retour jusqu'aux toilettes) et j'ai répondu à un mail (une dame très malade qui veut me léguer trois millions de dollars à qui j'ai donné les coordonnées bancaires de ma belle-mère). Autant te dire que je suis exténuée mais ravie d'avoir été si productive. Demain, je mettrai la barre un peu moins haut, il ne faudrait pas que je fasse un burne août.

Bisous à toi et à papy.

Ginie

P-S : mon cher mari est adorable, il s'inquiète de ma santé bucco-dentaire, il ne cesse de me répéter de me laver – au moins – les dents.

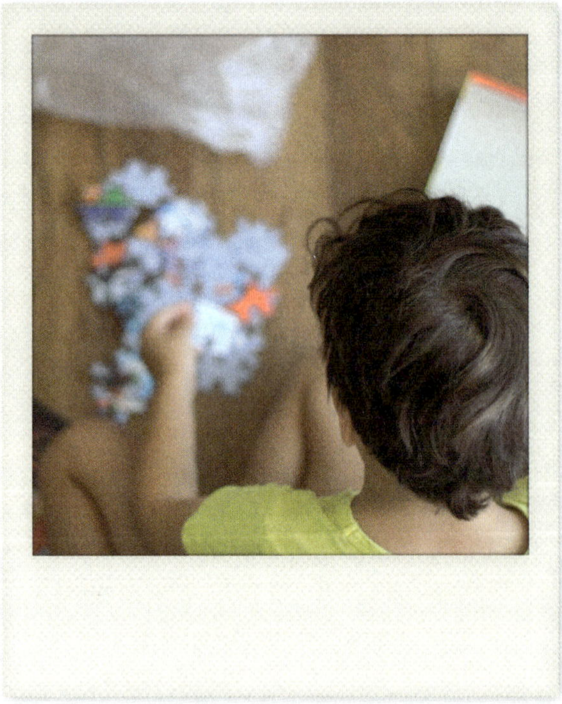

Bordeaux, le 14 novembre

Chère mamie,

J'espère que tu vas bien et que papy aussi.
Je ne sais pas ce qu'ils leur donnent à l'école
pour qu'ils aient autant d'énergie en rentrant
à la maison, je les soupçonne de leur faire
faire la sieste toute la journée. Ce soir,
mon cher enfant a voulu jouer aux petits chevaux,
puis au jeu de l'oie et à celui du cochon,
je suis au bout du rouleau, je ne suis pas loin
de devenir végétarienne.
Je venais de faire semblant de perdre
pour la troisième fois à Puissance 4
(« Si, si, mon chéri, deux pions alignés, ça suffit,
bravo, tu es trop fort pour maman, d'ailleurs elle va
aller noyer son chagrin dans le liquide vaisselle »)
quand il a eu la fabuleuse idée d'aller dehors
pour jouer au ballon. J'ai affiché un grand sourire
et j'ai accepté, en récitant mentalement tous
les gros mots de mon vocabulaire.
Pourtant, ce foot m'a valu un fou rire énorme.
On avait délimité les cages : entre le cerisier
et la lavande. Le petit courait, ballon au pied,
cheveux au vent, je le suivais, bave au menton,
poumons en grève. Il a dépassé le rhododendron,
esquivé le rosier, visé les cages, pris de l'élan
et shooté de toutes ses forces.

Tel un boulet de canon, le ballon a transpercé
l'air et s'est jeté dans les cages. La réaction de mon fils
a été immédiate : il a souri, levé les bras, et il s'est mis
à courir en criant : « Pute ! PUUUUUUUTE ! »
Je te laisse, je vais prendre un pain dans la peignoir.

Gros bisou à toi et à papy.

Ginie

P-S : je pense que, chez l'orthophoniste aussi, il fait
la sieste.

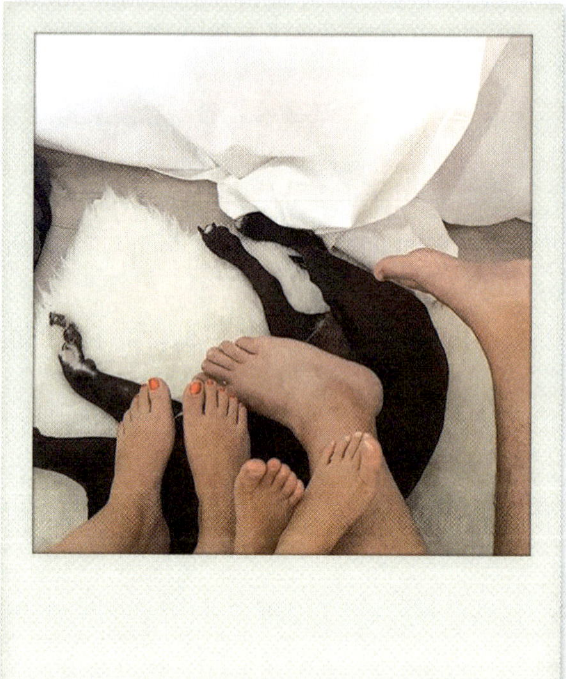

Bordeaux, le 16 novembre

Chère mamie,

Ce matin, j'ai fait preuve de courage.
Je me suis réveillée face à une araignée. Énorme.
Juste au-dessus de ma tête. Marron. Pleine
de pattes. Un crabe.
Je n'ai pas crié, j'ai eu peur de la faire sursauter.
Elle ne bougeait pas. Elle me toisait. J'ai compris
le message : « C'est toi ou moi. »
J'ai envisagé de l'écraser, mais 1) j'avais peur qu'elle
se jette sur ma main et 2) j'avais de la peine pour ses
petits, qui attendaient sans doute qu'elle revienne
avec quelques mouches.
J'ai songé à l'enfermer dans une boîte pour la jeter
dehors, mais 1) l'idée d'un contact, même avec
un bout de plastique entre nous, me faisait palpiter
et 2) pour aller chercher la boîte, il fallait que
je la quitte des yeux, ce qui lui donnait l'occasion
de se cacher et m'aurait obligée à mettre le feu
à la maison.
Alors j'ai pris la seule décision qui s'imposait :
je l'ai toisée aussi. Sourcils froncés, ride du lion
au garde-à-vous. Ce n'est pas parce qu'elle a plus
d'yeux que moi qu'elle m'impressionne.
Ça a duré longtemps, j'ai pu me dire que c'était
pratique d'être une araignée pour tricoter,
mais que ça devait revenir cher en mascara,
et puis elle a mis fin au duel oculaire. Brusquement,
au moment où je commençais à m'habituer
à sa présence, elle a bougé.

J'ai crié, cette fois. Il est même envisageable que toute la ville ait désormais une fracture des tympans.
J'ai bondi du lit comme du pop-corn, attrapé les premiers vêtements qui me tombaient sous la main (une chaussette et un tee-shirt), les ai enfilés en courant à travers la maison, suis sortie (il faisait froid aux fesses), j'ai fermé la porte à double tour, sauté dans la voiture et roulé jusqu'à ce que je prenne conscience que j'avais peut-être été un tout petit peu excessive. Alors je suis revenue à la raison, celle que l'on attend d'une femme mûre et réfléchie. J'ai appelé mon mari pour lui dire que je ne reviendrais pas tant qu'il ne m'apporterait pas la preuve qu'aucune araignée ne mettrait plus jamais une patte dans la maison.
J'espère que tu es fière du sang-froid de ta petite-fille.

Gros bisous à toi et à papy.

P-S : je risque de venir passer une ou deux nuits, ça te dérange si je viens avec mon lance-flammes ?

Le Clos des Motèles
STE VERGE
restaurant gastronomique
Logis de Pompois

Bordeaux, le 20 novembre

Chère mamie,

La nuit dernière avait commencé comme toutes les autres. J'étais dans les bras de Morphée (mon mari et moi sommes un couple libre) lorsque quelque chose m'a réveillée.
Une sensation désagréable.
Quelqu'un m'observait.
Je n'osais pas ouvrir les yeux. Qu'allais-je découvrir ? Une bande de bandits armés, prêts à m'agresser sauvagement ? Un vampire qui voulait me vider de mon sang ? Ma belle-mère ?
J'étais terrorisée.
Lentement, j'ai décollé un œil. Puis l'autre.
Dans l'obscurité, une lumière crue éclairait le visage de mon époux. Penché au-dessus de moi, il tenait son téléphone allumé près de ma tête.
– Mais qu'est-ce que tu fous ?
– Je t'ai réveillée ?
– Penses-tu. Qui se réveillerait avec un spot braqué dans la tronche ? Pourquoi tu fais ça ?
– Parce que, entre deux ronflements, tu arrêtes de respirer plusieurs secondes. Je crois que tu fais de l'apnée du sommeil, je voulais une preuve.
– OK, docteur Quinn, si ça ne te dérange pas, je vais finir ma nuit.
Autant te dire que je n'ai plus fermé l'œil.

Arrêter de respirer = Mourir, et puisque Dormir = Arrêter de respirer, Dormir = Mourir (théorème de Ginie).
Dès la première heure, j'ai pris rendez-vous à la clinique du sommeil. Je te tiendrai au courant, si d'ici là je ne meurs pas d'avoir oublié de respirer (ou si je ne suis pas jetée en prison pour abandon de conjoint).

Bisous à toi et à papy.

Ginie

P-S : il ment, je ne ronfle pas. Je ronronne.

P-S 2 : la photo n'a rien à voir, mais quand je suis passée devant ce panneau, j'ai fait une apnée.

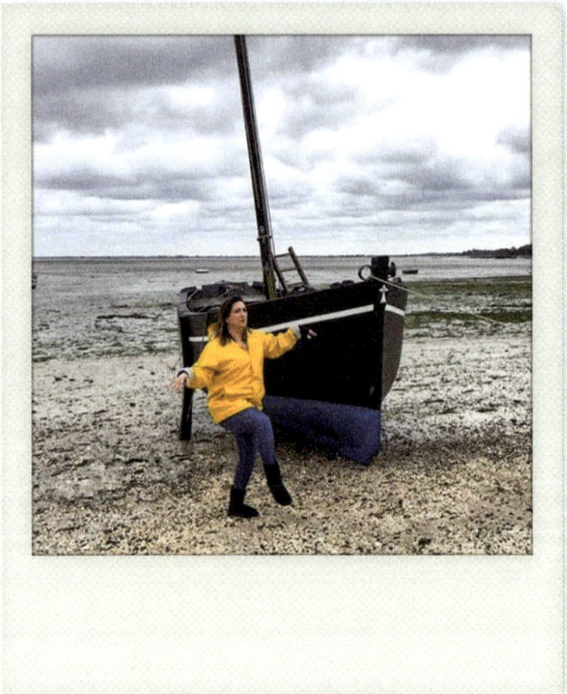

Paris, le 24 novembre

Chère mamie,

J'espère que tu vas bien depuis la dernière fois.
Je t'écris de Paris, où je passe quelques jours
pour la promotion de mon dernier roman.
Hier, le ciel se prenait pour une douche italienne,
ce qui était logique, puisque c'était le jour
de ma première séance photo officielle.
J'ai donc passé une heure à laver mes cheveux,
appliquer un soin, les raidir, puis leur donner
un mouvement savamment naturel, pour arriver
au rendez-vous avec la coiffure d'un caniche royal.
Le photographe a marqué un temps avant
de me serrer la main, je suis sûre qu'il a failli
me caresser la tête.
Malgré tout, la séance s'est bien déroulée.
Le photographe était adorable, il ne m'a fallu que
trois ou quatre heures pour commencer à me
détendre et lâcher ce petit sourire gêné qui pourrait
illustrer la définition de la constipation. Je suis
repartie avec l'impatience de voir le résultat.
Il est arrivé ce matin, par mail, et j'aurais préféré
qu'il parte dans les spams.
Le cadre est beau, la luminosité parfaite, mes frisottis
pas trop visibles et mes cernes tolérables.
Mais, par je ne sais quel procédé, un cou de pélican
s'est incrusté sur toutes les photos. Pile en bas
de mon visage. On dirait que je fais une allergie
ou que j'ai été attaquée par un essaim d'abeilles,
ce qui n'est pas le cas, je m'en serais rendu compte.

Alors oui, mamie, je sais ce que tu vas me dire.
« On s'en fiche de ton physique, les gens aiment tes mots. » D'accord, d'accord. Tu as raison.
Mais quand même, tu crois que si j'ajoute une minerve avec Photoshop, ça se verra ?

Gros bisous à toi et à papy.

Ginie

P-S : je me suis renseignée, il existe des exercices pour muscler le double menton. Bientôt, je serai la Schwarzy du gosier.

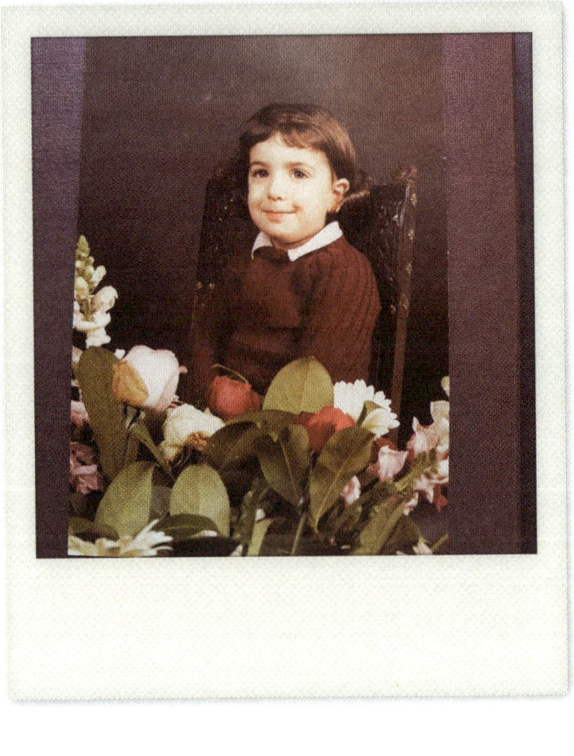

Bordeaux, le 26 novembre

Chère mamie,

J'avais prévu de t'appeler, mais cela m'est impossible en ce moment. Je suis souffrante.
Tout a commencé à la suite de mes photos officielles, tu sais, celles sur lesquelles j'ai une sacoche sous le menton. Ne pouvant rester ainsi, pour le bien de l'humanité, j'ai décidé de prendre mon gosier en main. J'ai donc cherché sur Internet le meilleur moyen de se débarrasser de son double menton (le mien est visiblement tombé sur une case compte triple), et il s'avère que, si la chirurgie esthétique fait des miracles, le sport semble très efficace. Oui, tu lis bien, mamie, il existe des exercices pour muscler le bas de son visage, et ainsi l'affiner.
Le but est d'articuler exagérément des lettres, d'effectuer certains mouvements avec la langue, ou encore d'essayer de toucher son nez avec sa lèvre inférieure.
Selon les spécialistes, cinq minutes par jour suffisent pour obtenir des résultats rapidement. Tu me connais, je suis une personne modérée, j'ai donc passé la journée d'hier à réciter l'alphabet et à tenter de me lécher les narines.

Ce matin, non seulement mon double menton était toujours présent, mais en plus je hurlais chaque fois que j'ouvrais la bouche.
Le médecin est formel : j'ai une tendinite du cou.
Ne cherche donc pas à me joindre par téléphone, je t'appellerai quand ma bouche ne sera
plus alitée.

Grosses bises à toi et à papy.

Ginie

P-S : j'ai retrouvé cette vieille photo qui prouve que je suis pélican de naissance.

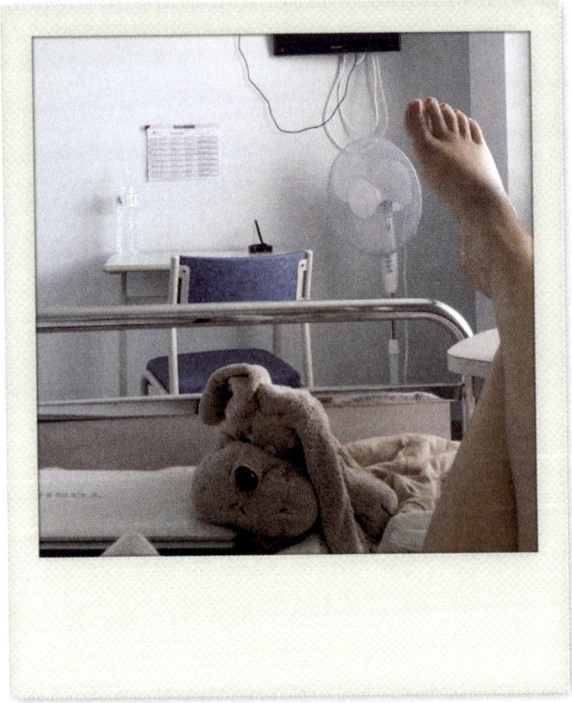

Bordeaux, le 30 novembre

Chère mamie,

Je t'écris depuis la clinique du sommeil, où je viens
de passer la nuit. À la suite de l'enregistrement
nocturne de mon cher mari, le médecin a décrété
que je faisais des apnées du sommeil, c'est un peu
comme *Le Grand Bleu*, mais sans les dauphins.
Tu m'étonnes que je sois si fatiguée !
Afin d'en savoir plus, il fallait analyser une nuit.
Je suis donc arrivée hier soir avec ma valise
à la main et deux autres sous les yeux.
Ils m'ont installée dans une chambre immense
(ou alors j'ai rapetissé) avec un petit lit. J'étais en train
d'asseoir Doudou sur l'oreiller quand l'infirmière
est venue me chercher pour m'« équiper ».
Elle m'a collé des électrodes partout,
inséré un tuyau dans le nez et accroché un boitier
en bandoulière, puis j'ai regagné ma chambre
où m'attendaient des pâtes. J'étais contente,
tu sais combien j'aime les pâtes, je me suis jetée
dessus avec appétit. Cela m'a permis de faire
la plus grande découverte de ma vie : des pâtes
peuvent être dégueulasses.

Le ventre vide, Doudou dans mes bras, je me suis
glissée dans le lit pour y rejoindre Morphée.
Il n'y était pas, sans doute trop occupé ailleurs,
et Monsieur n'est rentré qu'à deux heures du matin.
Quand l'infirmière est venue ouvrir les rideaux quatre
heures plus tard, j'ai failli ordonner à Doudou
de l'attaquer. Quand elle m'a expliqué que j'avais
interdiction de me rendormir pendant deux heures,
puis que je devrai faire une sieste de trente minutes, et
rester à nouveau éveillée deux heures,
j'ai failli l'attaquer moi.
Il est midi, c'est l'heure de rentrer chez moi,
mais je tenais à te prévenir : durant les dix jours à venir,
si tu n'arrives pas à me joindre, ne t'inquiète pas.
Je dors.

Gros bisous à toi et à papy.

Ginie

P-S : ZZZZZZZZZZZZZZZZZ

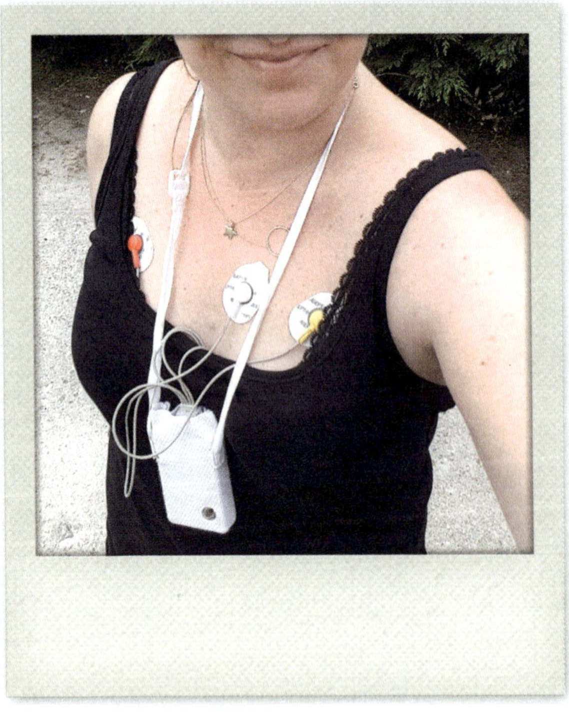

Bordeaux, le 2 décembre

Chère mamie,

J'espère que tu vas bien ! Je t'écris pour te donner des nouvelles de ma santé, c'est le monde à l'envers. Figure-toi qu'après la nuit à la clinique du sommeil, le médecin m'a annoncé que mon rythme cardiaque s'emballait facilement. Il m'a donc orientée vers un cardiologue.
J'attendais sagement dans la salle d'attente en lisant *Paris Match* (François Hollande et Ségolène Royal présentaient leur nouveau-né) quand il est sorti de son cabinet et s'est dirigé vers sa secrétaire. Au même moment, une très vieille dame entrait en s'aidant d'une canne. Il l'a regardée, a regardé sa secrétaire et a lancé dans un rire gras :
« Elle est en mauvais état, elle, va falloir lui changer la pile. » J'ai songé que ne pas avoir de cœur, c'était un comble pour un cardiologue.
Quand ce fut mon tour, il m'a auscultée rapidement et a décrété que 140 pulsations cardiaques au repos, ce n'était pas normal, que c'était sans doute de la tachycardie, mais qu'on allait vérifier s'il n'y avait rien de plus grave. Je lui ai précisé que cela arrivait surtout quand je mangeais beaucoup, c'est-à-dire tous les soirs, il a rétorqué qu'il n'y avait aucun rapport, mais qu'il allait falloir que je mange moins.

Je lui ai demandé pourquoi je devrais manger moins,
puisqu'il n'y avait aucun rapport avec ma tachycardie.
Il a dit que j'étais trop grosse. J'ai répliqué qu'il puait de
la gueule.
L'assistante m'a collé des électrodes partout
et m'a donné un boîtier qui a enregistré mon activité
cardiaque pendant vingt-quatre heures. C'était bien,
surtout quand je les ai enlevées, maintenant
j'ai des cercles imberbes sur le corps.
La semaine prochaine, je dois passer un test d'effort.
On perd du temps, je sais déjà que je vais échouer.
Je te tiendrai au courant.

Gros bisous

Ginie

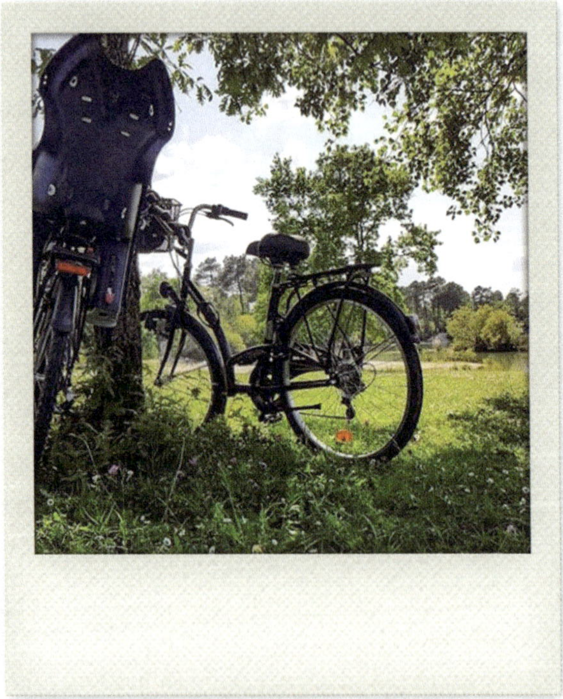

Bordeaux, le 7 décembre

Chère mamie,

Comme promis, je t'écris pour te raconter mon test d'effort.
J'avais prévu une tenue de sport, comme demandé.
Vu que je n'en avais pas, j'en avais acheté
une exprès : des baskets à semelles en gel,
un legging massant, un t-shirt micro-aéré,
une casquette fluo, une gourde, des oreillettes.
Il y avait le docteur et son assistante.
Ils m'ont fait monter sur un vélo d'appartement
après m'avoir collé des électrodes (je vais finir
par être épilée intégralement), puis j'ai dû pédaler.
Tu me connais, je me donne à fond, alors j'ai pédalé
de toutes mes forces pour les impressionner.
Ah, ça, je les ai impressionnés, mamie. Je crois qu'ils
ne m'oublieront jamais !
Au bout de trente secondes, déjà, quand je leur ai
demandé si on était bientôt arrivés, ils se sont
regardés bizarrement.
Au bout d'une minute, quand je leur ai dit que j'avais
un enfant qui avait besoin de moi, que j'étais prête
à payer en échange de ma vie, ils sont devenus blêmes.
Au bout de deux minutes, quand j'ai vomi sur
l'ordinateur, ils ont tout arrêté.
D'après le docteur, ce n'est rien de grave, un peu
d'activité physique devrait suffire à améliorer mon
rythme cardiaque. J'ai demandé si je devais
reprendre rendez-vous, il a répondu « Pitié, non ».
Le cœur a ses raisons que la raison rend.

Bisous à toi et à papy.

Ginie

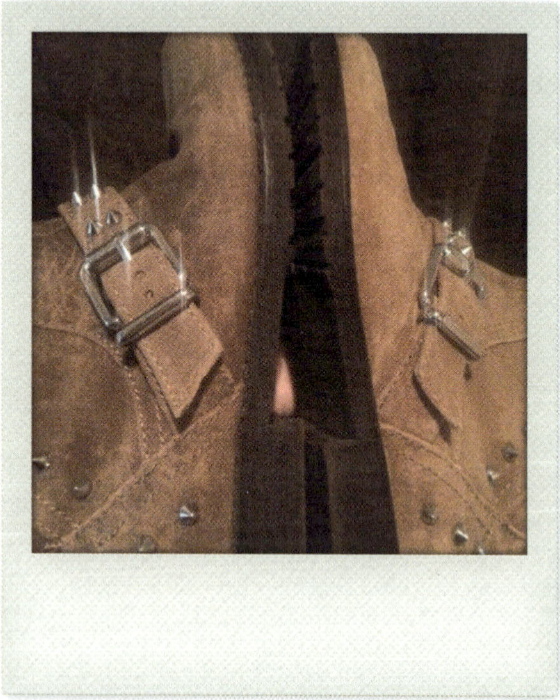

Colmar, le 10 décembre

Chère mamie,

J'espère que tu vas bien ! Je t'écris de Colmar où nous passons quelques jours pour un salon du livre. Maman, qui ne connaissait pas l'Alsace non plus, est venue avec nous et ne le regrette pas. La ville est magnifique, en plus il y a le marché de Noël, les rues et les maisons sont illuminées, ça sent bon les épices, c'est magique.
Hier, nous avons beaucoup marché pour en prendre plein les yeux. Je portais les bottines achetées la semaine dernière, tu sais, celles en daim sur lesquelles j'ai flashé en vitrine ? Elles sont hyper confortables, en plus d'être canon. D'ailleurs, maman les trouve tellement à son goût qu'elle a voulu les essayer.
Une fois enfilées, elle a fait une drôle de tête.
– Ginie, il y en a une plus grande que l'autre !
– N'importe quoi.
– Bien sûr que si, tu ne l'as pas senti ?
– Pas du tout, c'est juste qu'on a un pied plus fort que l'autre.
– Tu vois bien que la gauche est plus grande !
– C'était le modèle d'expo, il a dû se détendre à force d'être essayé.
– Et la semelle, elle s'est allongée ?
– Peut-être. On sait pas.

Elle a retiré les bottines et a regardé sous
la semelle.
– Peut-être que le fait qu'il y ait marqué 37
sous l'une et 39 sous l'autre va te convaincre ?
En effet, cela m'a convaincue.
Depuis une semaine, je marchais avec des chaussures
n'ayant pas une, mais deux pointures de différence.
Je les garde pour le jour où j'aurai un pied dans
le plâtre.

Gros bisous à toi et à papy.

Ginie

P-S : peut-être que c'est fait exprès pour les dahus.

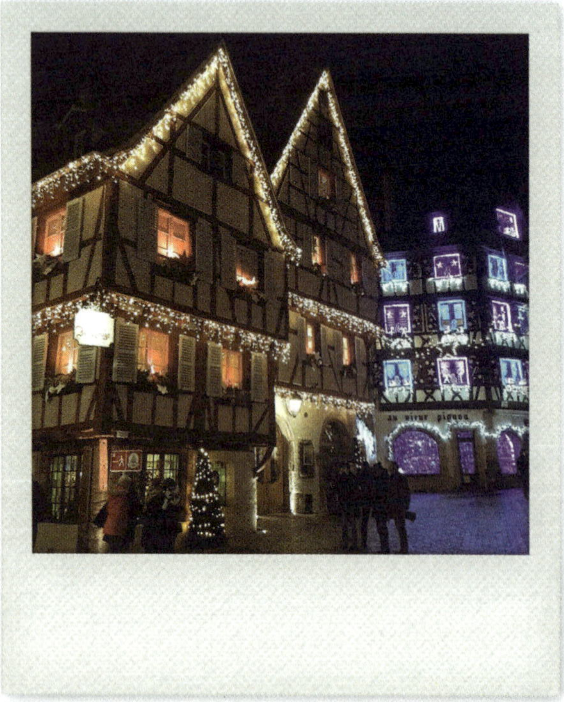

Colmar, le 11 décembre

Chère mamie,

Nous sommes toujours à Colmar où notre séjour se déroule à la perfection. Je ne me lasse pas des façades à colombages, des illuminations de Noël, des odeurs d'épices et des chants de fête. Tu sais combien j'ai à cœur de goûter les spécialités de chaque région, il se peut donc que je revienne avec dix kilos de plus. Faut dire qu'en termes de gastronomie, l'Alsacien est généreux. J'enchaîne les choucroutes, les bretzels, les flammekueches et les pains d'épice comme si j'étais née ici. Ce qui n'est pas le cas, sinon je n'aurais pas failli me battre le premier soir. Quand j'ai remercié la dame de l'hôtel, elle m'a répondu « service ». Je lui ai demandé « service ? », elle a répondu « oui, service ! ». J'ai cru qu'elle me demandait un pourboire, je voulais être sûre. J'ai donc demandé « service, service ? », ce qui a eu l'air de passablement l'agacer. Elle a rétorqué « ben service, quoi ». Sur le même ton, j'ai enchaîné « et pourquoi service ? », elle a répondu « ben parce que service ! ». J'ai insisté : « service de quoi ? », elle a crié « service de service ! ». Si quelqu'un nous avait filmées, on se faisait interner direct. Au bout de dix minutes, j'ai fini par comprendre que « service » était la façon alsacienne de dire « de rien », et que la dame était juste polie. Je l'ai donc remerciée, ce à quoi elle m'a répondu « service ». C'est bizarre, ces particularités régionales. Comme si nous, à Bordeaux, on parlait gavé différemment et on mangeait des chocolatines.

Bisous à toi et à papy.

Ginie

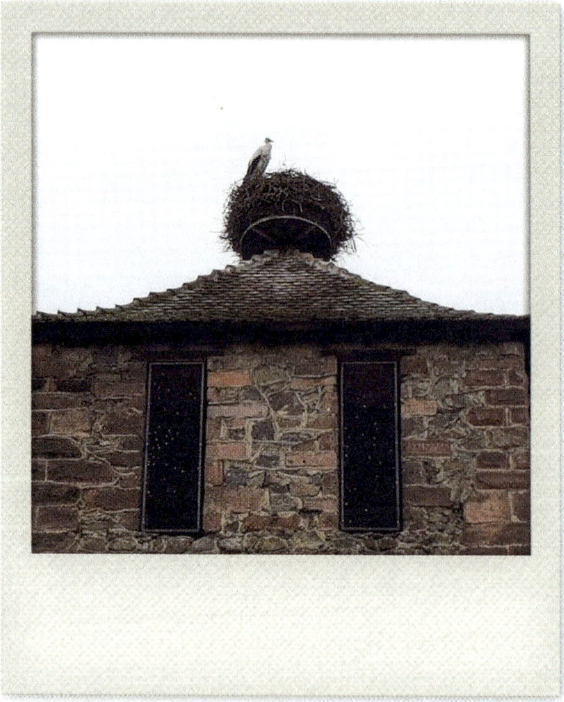

Colmar, le 12 décembre

Chère mamie,

Pour notre dernier jour en Alsace, nous avons visité le magnifique village de Kaysersberg. Le marché de Noël n'était pas encore ouvert, mais nous avons arpenté les ruelles pavées et longé le cours d'eau en dégustant des bretzels gratinés au munster.
On se serait cru dans une autre époque, surtout au niveau de l'haleine.
Tout à coup, maman s'est exclamée.
En haut d'une tour, dans un immense nid,
deux cigognes contemplaient le paysage.
On avait tant espéré en voir que nous étions surexcités.
Alors que je les prenais en photo, mon cher enfant s'est tourné vers moi et m'a demandé, le plus sérieusement du monde, si c'était vrai que les enfants sortaient de la zézette des cigognes.
Il va falloir que je lui explique deux ou trois petites choses.

Gros bisous à toi et à papy.

Ginie

P-S : je t'ai rapporté du vin chaud, mais le temps qu'on arrive il sera sans doute froid.

Hiver

Bordeaux, le 7 janvier

Chère mamie,

J'espère que tu vas bien.
Hier soir, nous sommes allés dîner chez des amis.
Pendant que les enfants faisaient la vaisselle,
nous avons improvisé un Pictionary. Je ne sais pas
si tu connais ce jeu, mais les règles sont on ne peut
plus simples : il faut faire deviner un mot,
une expression ou une personne en le dessinant.
Le jeu battait son plein, les filles devançaient
largement les garçons quand ce fut au tour de Karine
de prendre le feutre. Elle a regardé sur la carte
ce qu'elle devait faire deviner, elle a longuement
réfléchi, puis a dessiné ça.
Évidemment, personne n'a trouvé, au grand désespoir
de Karine, qui ne comprenait pas qu'on ne découvre
pas la signification de son joli rébus.
Même une fois qu'elle nous a expliqué, il nous a fallu
du temps pour percuter.
Tu as trouvé ?
Si je te dis que c'est un dessin animé que je regardais
petite ?
Tu sais, un détective privé qui aimait beaucoup
les femmes.
Nique.
Lard.
Son.
Oui, je sais.

Gros bisous à toi et à papy.

Ginie

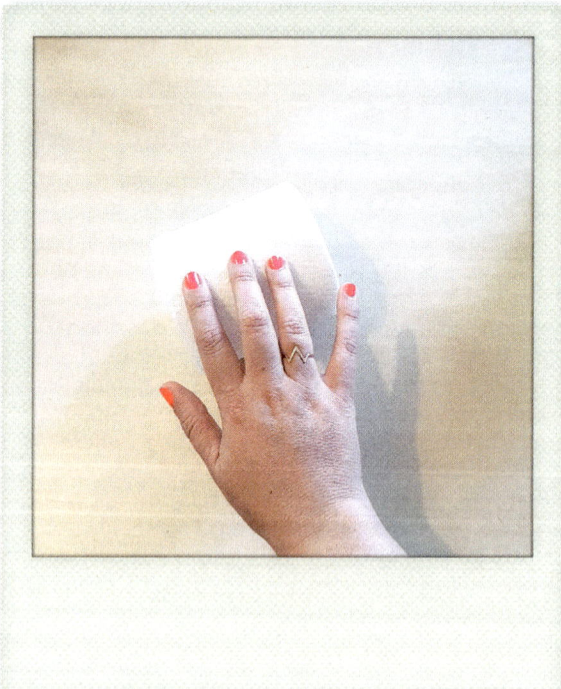

Bordeaux, le 10 janvier

Chère mamie,

J'espère que tu vas bien ! Cet après-midi, j'avais un rendez-vous important alors je me suis bien préparée, parce que je ne voulais pas être accusée d'assassinat. L'autre matin, je me suis croisée pas préparée dans le miroir, j'ai failli faire une attaque. Après m'être lavée/maquillée/coiffée/habillée, il était temps de passer à la dernière étape, la plus longue et la plus minutieuse : la pose de vernis à ongles.
J'ai limé mes ongles.
J'ai appliqué une couche de base.
J'ai attendu qu'elle sèche.
J'ai appliqué une couche de vernis.
J'ai attendu qu'elle sèche.
J'ai appliqué une deuxième couche de vernis.
J'ai attendu qu'elle sèche.
J'ai appliqué le top coat.
Et j'ai eu envie d'aller aux toilettes.
Rassure-toi, j'ai bien honoré mon rendez-vous, j'étais même à l'heure. Avec une seule main vernie.

Gros bisous à toi et à papy.

Ginie

P-S : en plus, j'ai mangé du pain au pavot.

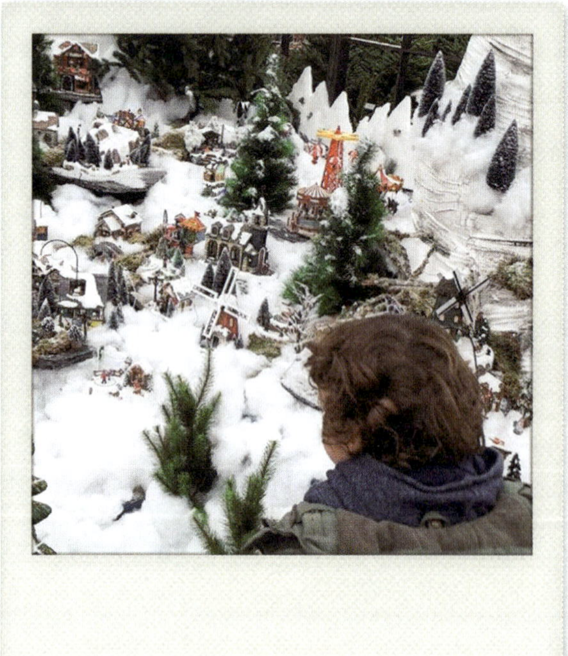

Gourette, le 14 janvier

Chère mamie,

Je t'écris de la montagne où nous passons quelques jours. Tu le sais, je n'ai pas d'affection particulière pour le ski, et il me le rend bien. Mais mon cher enfant avait une terrible envie de découvrir cette activité, et je ne pouvais l'en priver juste parce que j'avais descendu une piste bleue sur les fesses. C'est donc pleine de bonne volonté que j'ai chaussé mes skis ce matin. Mon fils était ravi, il lançait des petits cris de joie, il n'était pas loin de déclencher une avalanche. À cet instant précis, la maman en moi était fière d'elle. Tellement que je me suis laissé entraîner en haut d'une piste vertigineuse. J'ai failli renoncer, mais, encouragée par mon fils et mon mari, je me suis lancée, genoux fléchis, fesses en l'air, bâtons sous les aisselles. Je dévalais la piste à la vitesse de l'éclair, rebondissant sur les bosses, le vent sifflant dans mes oreilles, Luc Alphand n'avait qu'à bien se tenir, le ski était en passe de devenir ma nouvelle activité favorite. Et puis, le drame.
Un homme a surgi à côté de moi, et il n'avait pas l'air content. Malgré ma vitesse, j'ai pu distinguer le sigle « ESF » brodé sur sa combinaison. J'en ai déduit que c'était un moniteur et qu'il était jaloux de ma performance, alors je lui ai adressé un petit sourire désolé. C'est là qu'il s'est mis à rugir.

– Madame, ça fait dix minutes que vous bloquez
la piste des enfants, vous pouvez arrêter
le chasse-neige et avancer plus vite, s'il vous plaît ?
Il était encore plus jaloux que je ne l'avais pensé.
Pour ne pas le blesser, j'ai préféré déchausser et partir.
Depuis, pour le bien-être de tous, je fais de la luge.

Gros bisous à toi et à papy.

Ginie

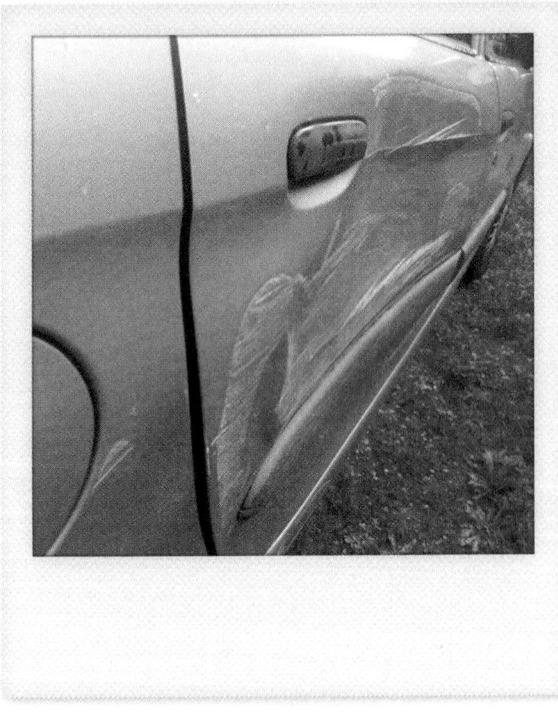

Bordeaux, le 16 janvier

Chère mamie,

J'espère que vous allez bien. Ici, les jours s'écoulent dans les tuyaux de la vie (et mon cerveau aussi, si j'en juge la phrase précédente).
Tu le sais, j'aime aller au bout des choses que j'entreprends. Je mets parfois du temps à me lancer, mais, quand je suis partie, on ne m'arrête plus.
Têtue, fonceuse, relou, appelez ça comme vous voulez.
Ainsi, l'autre jour, je me suis rendu compte qu'il y avait quelque chose que je n'avais pas terminé.
Un truc que j'avais fait à moitié. Je ne pouvais pas en rester là, c'était au-dessus de mes forces.
Alors, j'ai terminé.
Il y a quelques semaines, j'avais fait une petite rayure sur la portière de notre voiture. Ridicule.
Aujourd'hui, je crois qu'on peut affirmer qu'elle est vraiment défoncée.

Gros bisous à toi et à papy.

Ginie

P-S : j'hésite à faire pareil de l'autre côté, ce déséquilibre me perturbe.

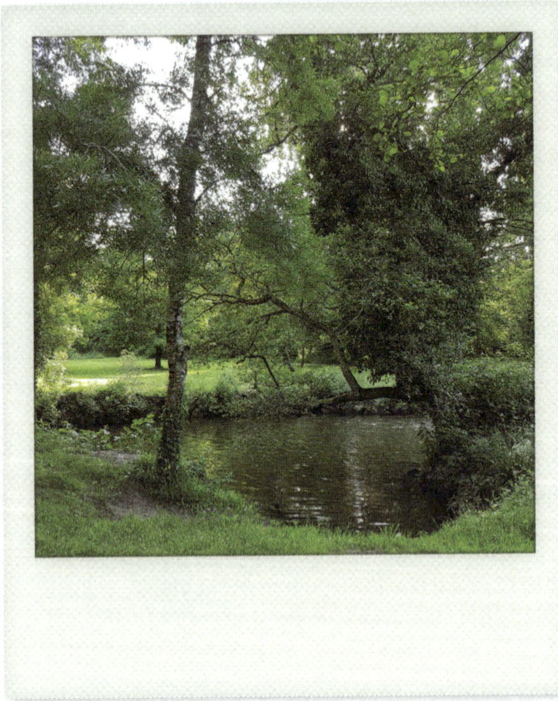

Bordeaux, le 17 janvier

Chère mamie,

J'espère que tu vas bien. Moi oui, même si j'ai un peu mal au ventre.
Ce soir, j'ai préparé un repas léger, bien décidée
à laisser le gras à distance de ma cuisine.
J'ai coupé un oignon et je l'ai fait dorer.
J'ai ajouté de l'eau.
J'ai coupé les aubergines, les poivrons et les courgettes.
Je les ai ajoutés dans le wok avec un bouillon.
J'ai laissé mijoter un moment.
J'ai coupé les tomates.
Je les ai ajoutées.
J'ai assaisonné.
J'ai couvert.
J'ai laissé cuire à feu doux près d'une heure,
en remuant de temps en temps.
Ça sentait bon.
J'avais faim.
Je me suis assise.
J'ai allumé la télé.
Et puis, une pub pour les pizzas est passée.
Le livreur était content de repartir avec
un tupperware de ratatouille sans huile.
Grosses bises à toi et à papy.

Ginie

P-S : il y a des tomates dans la napolitaine.

P-S 2 : je n'avais pas de photo, alors j'ai mis
des arbres, ce sont des légumes avec un tronc.

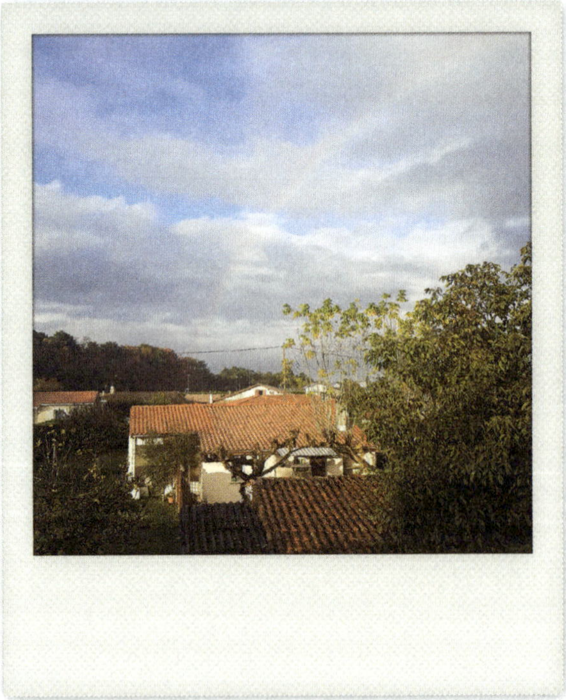

Bordeaux, le 20 janvier

Chère mamie,

Comme tu le sais, j'ai accompagné maman à son échographie de l'épaule. Dans la salle d'attente, assis face à nous, il y avait un monsieur.
La tête baissée, les yeux rivés sur ses mains jointes.
Maman s'est levée en entendant son nom.
Je me suis retrouvée seule avec lui. J'allais me plonger dans mon téléphone quand j'ai entendu sa voix.
– Vous êtes là depuis longtemps ?
– Environ dix minutes.
Nous étions arrivées pendant qu'il passait son examen. Il était ressorti de la cabine les yeux dans le vague, il ne nous avait pas remarquées.
Il attendait les résultats.
J'avais très envie de lire mes mails. Mon voisin, lui, avait très envie de parler.
– C'est long, quand même.
– Ça ne devrait plus tarder.
– J'espère.
Pas besoin d'être psychologue pour voir qu'il avait peur. Il crevait de peur.
Ses mains ne se séparaient pas l'une de l'autre, comme s'il se sentait moins seul, avec une main dans la sienne. Son pied droit battait le sol rapidement. Et son regard, mamie. Ce regard d'enfant apeuré qui détonnait avec son visage marqué par les années. Ce regard qui suppliait le temps de hâter un petit peu le pas, pour que la peur cesse enfin. Ce regard qu'on espère tous ne jamais croiser dans le miroir.

J'ai rangé mon téléphone dans mon sac.
– C'est stressant cette attente, pas vrai ?
j'ai demandé.
Alors, il a tout raconté. À moi, aux murs, à lui.
Sa maladie qui l'avait obligé à prendre un traitement avec beaucoup d'effets secondaires, son rétablissement, ses peurs, sa femme.
Et puis cette radio des poumons, où ils avaient trouvé une petite tache. Un polype, *a priori*. Là, il venait voir si ça avait évolué. Une semaine qu'il n'en dormait plus.
Une voix a appelé son nom. Il s'est levé, tellement tétanisé qu'il en a oublié de me dire au revoir.
J'ai attrapé mon sac et sorti mon téléphone.
J'étais plongée dans mes mails quand une voix m'a fait lever la tête. C'était le monsieur de la salle d'attente.
Son visage était transformé. Il avait perdu dix ans, au moins. Les trois mots qu'il a prononcés m'en ont donné la raison.
– Tout va bien !
Et il est parti, le pas léger.
Maman est sortie quelques minutes plus tard.
Elle devrait subir une petite opération, et elle n'a pas compris pourquoi j'en étais si heureuse.

Gros bisous à toi et à papy.

Ginie

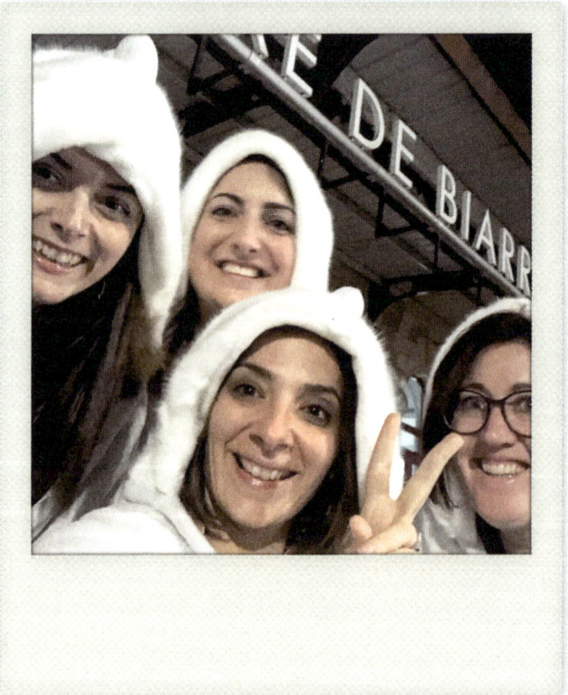
DE BIARR

Biarritz, le 23 janvier

Chère mamie,

Je t'écris de Biarritz, où je passe le week-end avec mes amies Serena, Cynthia et Sophie, comme chaque année au mois de janvier.
Nous sommes arrivées à trois en début d'après-midi, Sophie nous rejoignait le soir en train. Connaissant sa sagesse et sa timidité, nous avons choisi de lui offrir un accueil en toute discrétion.
Nous avons ainsi écumé les magasins pour trouver un déguisement de licorne. Malheureusement, de licorne il n'y avait point. Nous nous sommes rabattues sur des capes dinosaures tout à fait discrètes et sommes revenues nous changer à l'hôtel, fières de notre idée.
On faisait un peu moins les malignes quand on a dû traverser le hall de l'hôtel 5 étoiles sous les regards ahuris du personnel (le concierge s'est déboîté la mâchoire).
Encore moins quand il a fallu s'arrêter dans un restaurant de tapas pour acheter notre dîner.
Et je ne te parle pas de notre arrivée à la gare.
On essayait de passer inaperçues, mais je crains que trois dinosaures qui gloussent soient difficiles à ignorer.
Notre propre honte était compensée par la perspective de faire honte à Sophie. Nous étions surexcitées. On imaginait la scène, elle deviendrait rouge, ne saurait plus où se mettre, s'enfuirait en courant et remonterait dans le train.
D'autant que, pour plus d'effet, on avait prévu une petite chorégraphie très discrète.

On enchaînait les pas de danse lorsque Sophie
a débarqué, suivie de sa valise. Elle s'est avancée
vers nous avec un large sourire et nous a serrées
dans ses bras, puis elle nous a demandé
si on allait bien.
Plusieurs heures après, on ne sait toujours pas
si on doit bien prendre le fait qu'elle ait trouvé
ça complètement normal.

Gros bisous à toi et à papy.

Ginie

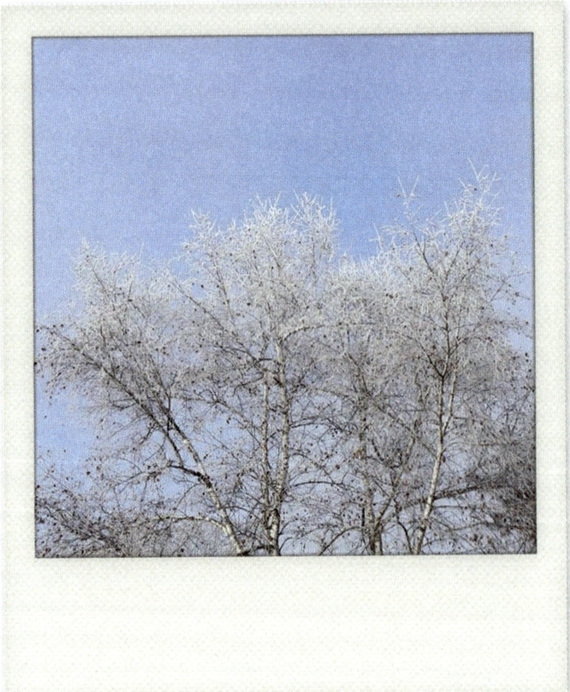

Biarritz, le 24 janvier

Chère mamie,

Mon séjour à Biarritz se passe merveilleusement. Ce matin, on a profité du spa de l'hôtel pour se faire chouchouter. Le personnel nous a proposé un tout nouveau soin : la cryothérapie. Sur le papier, cela ne nous faisait pas rêver de nous enfermer dans un genre de cercueil où la température descend à près de – 60 °C, même quand Michel nous a listé tous les bienfaits pour la santé. Cependant, quand il nous a appris qu'il ne durait que trois minutes et que cela suffisait pour perdre 800 calories, nous avons concédé qu'il fallait vivre les expériences qui se présentaient à nous.
Quand Michel nous a fait signer une décharge, j'ai commencé à angoisser.
Quand il nous a demandé si on avait des problèmes cardiaques, j'ai répondu que je ne savais pas.
Cynthia est passée la première. En sous-vêtements, chaussée de bottes fourrées, elle n'avait que la tête qui dépassait. Elle a tenu plus d'une minute, en répétant qu'elle sentait sa peau se cartonner.
J'avais du mal à déglutir.
Puis est venu le tour de Sophie, qui n'avait pas peur du tout. Au bout de trente secondes, elle a couiné qu'elle voulait qu'on l'exfiltre vite.
Je me suis mise à trembler.
Serena s'est installée. Durant les deux minutes qu'a duré son supplice, elle a récité son testament.
Mon cœur battait à 300.
Michel m'a invitée à entrer dans le box. Je peinais à respirer. Il faisait tellement froid que mes poumons

se figeaient, je serrais les dents, j'essayais de résister, de penser à autre chose, à un lieu ensoleillé.
J'ai tenu autant que possible, puis j'ai dit STOP.
Michel m'a demandé si j'étais sûre. J'étais sûre.
Il a haussé les épaules en déclarant que c'était dommage de renoncer avant même qu'il ne lance le froid.
Je m'en fiche, rien qu'en les regardant, j'ai perdu mille calories.

Bisous à toi et à papy.

Ginie

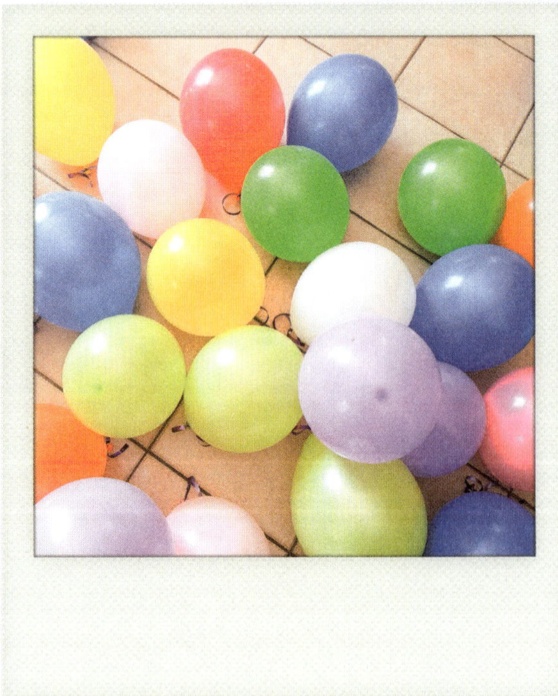

Bordeaux, le 30 janvier

Chère mamie,

Je suis très heureuse d'être invitée aux cinquante ans de Tatie Mimi, j'ai hâte de t'y voir !
Je suis désolée de ne pas avoir donné ma réponse plus tôt, c'est que je n'étais pas au courant.
Maman m'a pourtant soutenu avoir envoyé un message à tout le monde. Pour me le prouver, elle me l'a même fait lire, et je ne peux que confirmer : « Bonjour à tous ! On organise une soirée pour les 50 ans de Mimi, rendez-vous chez les grands-parents le 31 janvier à 19 heures, on se rendra sur place ensemble. C'est une surprise, alors je compte sur votre discrétion. Elle va être contente ! Bises. »
Elle affirmait l'avoir envoyé à tout le monde, sauf à Mimi.
Après vérification, elle l'a envoyé à Mimi, sauf à tout le monde.

Bisous à toi et à papy.

Ginio

P-S : j'ai une idée pour qu'elle soit quand même surprise : on ne fait rien

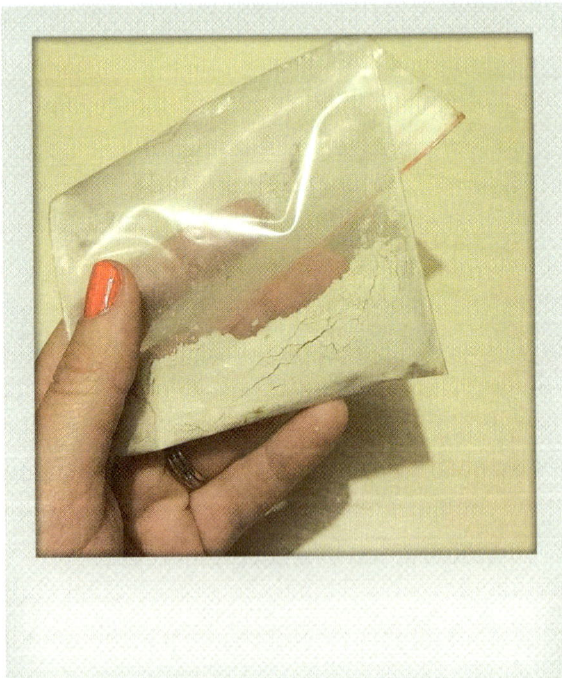

Bordeaux, le 3 février

Chère mamie,

J'espère que tu vas bien ! Moi oui, même si, hier, j'ai failli décéder de peur.
Il faut dire que j'ai trouvé ceci dans mon sac.
Un sachet rempli de poudre blanche.
J'ai immédiatement compris ce que c'était (je regarde *NCIS*), mais comment avait-il pu atterrir dans mon sac ?
Peut-être que, la veille, à Carrefour, j'avais croisé un dealer poursuivi par des policiers et qu'il s'était débarrassé de son sachet dans le premier endroit qu'il a croisé : mon sac.
Ou alors, c'était la blonde que j'avais laissée passer à la Poste, pour me remercier. Elle portait des chaussures qu'on ne peut aimer que si on se drogue.
Ou je suis somnambule et, durant ma vie nocturne, je vends de la drogue et des sex-toys.
J'étais tétanisée.
J'ai attrapé le sachet du bout des doigts et je me dirigeais vers la poubelle avant que mon fils n'entreprenne de faire un château de sable quand le téléphone a sonné. C'était maman, qui voulait savoir si j'avais réussi à absorber la tache de graisse sur mon sac avec la terre de Sommières qu'elle m'avait donnée la semaine dernière. Dans un petit sachet.

Gros bisous à toi et à papy.

Ginie

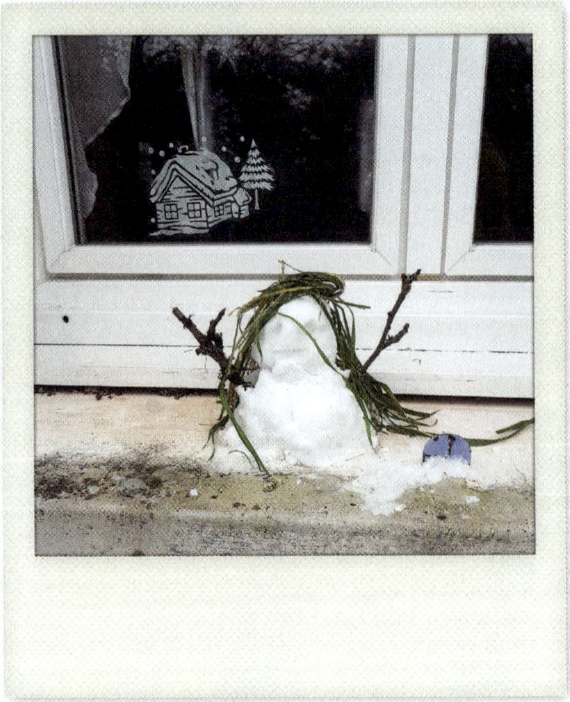

Bordeaux, le 7 février

Chère mamie,

Il neige ! Je sais que tu sais, vu qu'on ne vit qu'à quelques kilomètres l'une de l'autre, mais c'est tellement rare ici que j'ai poussé un cri de joie en ouvrant les volets ce matin. Mon cher mari et mon cher enfant n'ont pas réagi, ils ont dû croire que j'avais encore croisé une araignée (ou mon ombre), jusqu'à ce qu'ils voient le paysage blanc à leur tour. Alors, le plus grand a râlé parce que ce n'est pas pratique en voiture, et le plus petit a voulu faire un bonhomme de neige. Arrivés dehors, force fut de constater que le tapis de neige était très fin. Mais, bonhomme de neige nous avions promis, bonhomme de neige nous allions faire.
Il était minuscule, pas très bien proportionné. Il avait le cheveu pauvre et le nez proéminent. J'espère qu'il ne m'en voudra pas, je n'aime pas blesser les bonshommes de neige, mais il était particulièrement moche.
Nous devions tout de même lui trouver un nom. J'ai demandé à mon cher enfant comment il souhaitait l'appeler, il l'a observé un moment, il a souri, et il s'est écrié qu'on allait l'appeler Virginie, parce qu'il me ressemblait.

Bisous à toi et à papy.

Ginie

P-S : si seulement moi aussi je pouvais fondre au soleil.

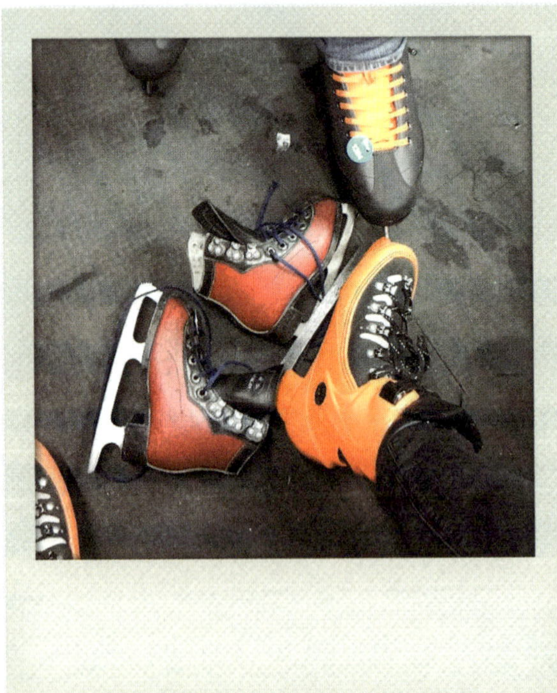

Bordeaux, le 9 février

Chère mamie,

J'espère que tu vas bien. Nous, oui.
Hier, nous avons eu la riche idée d'aller à la patinoire.
Enfin, on a eu l'idée pour nous, et je n'ai pas eu
l'idée de refuser.
Tu sais combien j'aime regarder le patinage
artistique à la télé, c'est aérien, c'est beau, ça a l'air
si facile. Et puis, souviens-toi, j'avais pris des cours
quand j'étais petite, et je me débrouillais très bien.
Je me suis donc élancée sans réfléchir sur la glace.
Je ne me suis même pas sentie basculer, j'ai chuté
avec grâce.
J'ai mis environ deux minutes à me relever.
On aurait dit un culbuto.
Mon fils m'a demandé si tout allait bien, j'ai répondu
que je vérifiais la qualité de la glace.
J'ai marché à petits pas jusqu'à la rambarde
et je me suis agrippée à elle comme un koala
à sa branche.
J'ai failli crier de joie quand j'ai atteint la sortie.
Je me suis mise en PLS sur un banc et j'ai annoncé
à la patinoire qu'entre elle et moi, tout était fini.

Bisous à toi et à papy.

Ginie

P-S : je suis sûre qu'en fait, les patineurs artistiques
ne font pas des triples lutz piqués. C'est juste qu'ils
essaient de tenir debout.

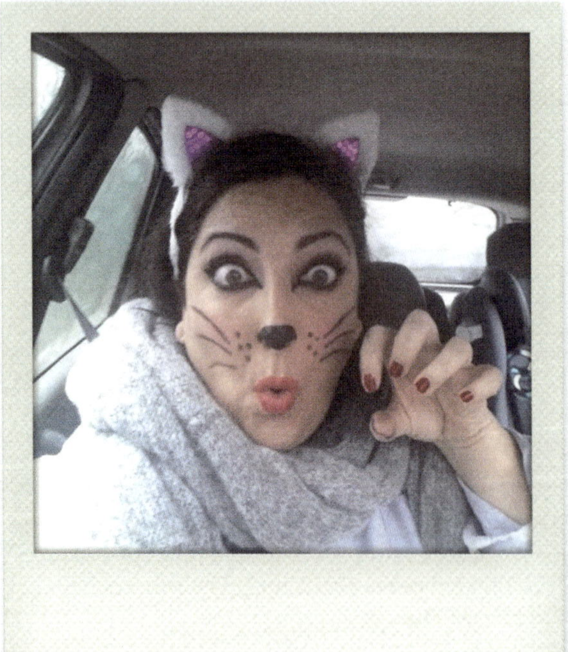

Bordeaux, le 11 février

Chère mamie,

J'espère que tu vas bien et que papy aussi.
Hier, c'était Carnaval à l'école de mon cher enfant.
Je le savais, mais je l'avais oublié, comme à peu près
tout ce qui est important (alors que je connais par
cœur les paroles de Lorie). Le matin même, quand
la maîtresse m'a lancé « on va bien s'amuser cet
après-midi », je me suis souvenue du mot dans
le cahier.
Il était clair : « Parents, pâtissez ! Et déguisez-vous ! »
Il me restait trois heures pour élaborer un gâteau
délicieux et trouver un déguisement canon.
J'étais large.
Tellement large que j'ai ouvert Facebook.
Après deux heures à regarder des chats torrifiés
devant des courgettes, je suis allée acheter
des crêpes à la boulangerie. Ne restait plus que
le déguisement.
Il était clair que je n'avais pas le temps d'en fabriquer
un. C'était heureux, tu sais que je suis assez peu
douée de mes mains. Une fois, au Pictionary,
j'ai esquissé un chat, mes copains ont vu une voiture.
Le souci, c'est que je n'avais pas non plus le temps
d'en acheter un. J'ai donc fouillé mes placards
à la recherche d'un truc décalé. Je n'y ai pas trouvé
grand-chose, hormis ce que je portais pour mon
enterrement de vie de jeune fille. Mais là, c'était
la dignité de mon fils que je risquais d'enterrer.

J'ai finalement opté pour un déguisement très succinct : un serre-tête à oreilles de chat qui dormait au fond d'un tiroir et des moustaches dessinées au khôl. Si j'avais eu les bras assez longs pour me fouetter, je l'aurais fait. Quand même, j'avais eu trois semaines pour me préparer, et j'allais me pointer là-bas avec un pauvre maquillage, mon fils avait une mère en contreplaqué.
Ma culpabilité a fondu comme un glaçon sur Kim Basinger quand je suis arrivée à l'école.
J'ai bien regardé, cherché dans les coins, c'était un fait : j'étais la seule maman à m'être déguisée.
Tu vois cette scène, quand Bridget Jones se retrouve déguisée en lapin-catin à un goûter chic ?
Eh bien, hier, la catin, c'était moi.
Heureusement, tout le monde a trouvé mes crêpes délicieuses. Je ne leur ai pas donné ma recette, tu penses bien.

Gros bisous à toi et à papy.

Ginie

P-S : L'année prochaine, je recommence. Les étoiles dans les yeux de mon fils, ça vaut bien toutes les hontes du monde.

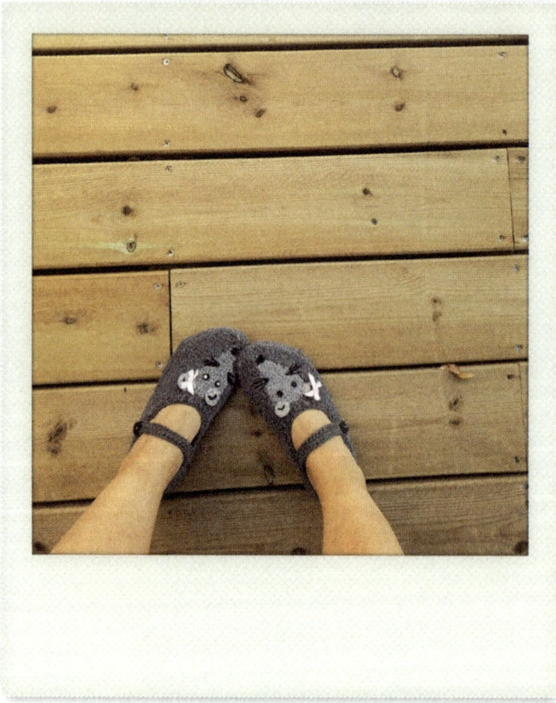

Bordeaux, le 13 février

Chère mamie,

J'espère que tu vas bien. Moi oui, merci.
Figure-toi qu'on a trouvé des crottes de souris
dans la cuisine. Savoir que je partage mon logement
avec les cousines de Mickey m'enchante
moyennement, vois-tu. Depuis que je suis au courant,
j'ai tellement peur d'en croiser une que je passe mon
temps à miauler.
Le voisin nous a donné des solutions pour tuer
les indésirables. J'ai écouté en hochant la tête,
mais je savais déjà que je n'allais pas pouvoir faire ça.
Tu me connais.
Une souris, c'est mignon. Je n'ai pas envie de vivre
avec elles, mais est-on vraiment obligé de tuer
ceux avec qui on ne veut pas vivre ?
J'ai donc fait l'acquisition d'un piège inoffensif,
afin de les capturer et de les envoyer voir ailleurs
si on y est. C'est une petite cage qui se referme
quand une souris y pénètre. Pour les attirer,
on y a placé du fromage, de la charcuterie
et des biscuits, nos souris avaient de quoi convier
tout le voisinage.

Dès le deuxième soir, un bruit métallique a retenti. Dans la cage, une petite souris affolée courait dans tous les sens. Mon cher époux s'est emparé de la cage et s'est dirigé vers la sortie pour relâcher la prisonnière dans le bois du bout de la rue.
J'ai pensé aux crottes disséminées
dans la maison.
J'ai pensé aux paquets de biscuits rongés.
J'ai pensé à ma peur.
Et puis.
J'ai pensé à cette pauvre petite souris.
J'ai pensé à sa famille, qui allait attendre son retour en vain.
J'ai pensé à sa peur.
Et j'ai demandé à mon mari de la relâcher juste devant la porte. Pour qu'elle retrouve son chemin.

Bisous à toi et à papy.

Ginie Bardot

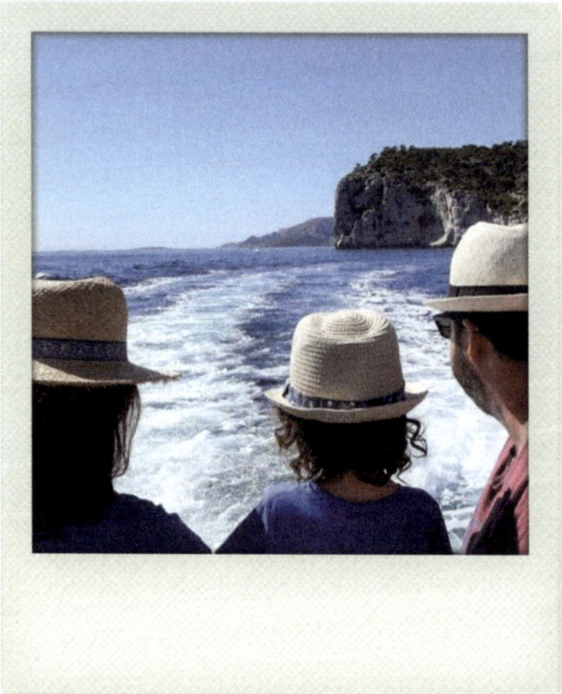

Bordeaux, le 17 février

Chère mamie,

J'ai beaucoup hésité à t'en parler, mais tu dois être au courant. Et j'ai besoin de partager avec toi mon changement de vie. Avec beaucoup d'émotion.
Depuis quelques semaines, j'ai changé de vie.
Après treize ans, nous avions besoin d'autre chose, ça devenait trop compliqué. Avec mon mari, nous en avons beaucoup discuté. Nous avons essayé de faire autrement, de trouver une autre solution.
Mais on n'y arrivait plus.
On s'est toujours souhaité d'être heureux. Nous ne l'étions plus.
Ceux qui sont passés par là savent combien ce changement peut bouleverser la vie.
Il y a un avant et un après, ce ne sera plus jamais pareil. On ne sera plus jamais les mêmes.
C'est toujours un peu triste, la fin. Des questions, des regrets, des doutes, une nostalgie qui vient nous chatouiller et nous pousse à nous demander si on a pris la bonne décision.
Mais la fin, c'est aussi un début. Excitant, nouveau. Choisi. Un nouveau départ.
Une nouvelle vie.
On n'oublie pas les bons moments, il y en a eu tellement. On essaie de ne garder aucune rancœur, parce que ça ne sert à rien. Parce que ça ne fait pas avancer.
On a décidé de se concentrer sur notre avenir, de profiter à fond de cette nouvelle vie qui s'offre à nous.
Plus simple. Plus belle.
Alors voilà. Je tenais à te le dire.
On a acheté un lave-vaisselle.

Gros bisous à toi et à papy.

Ginie

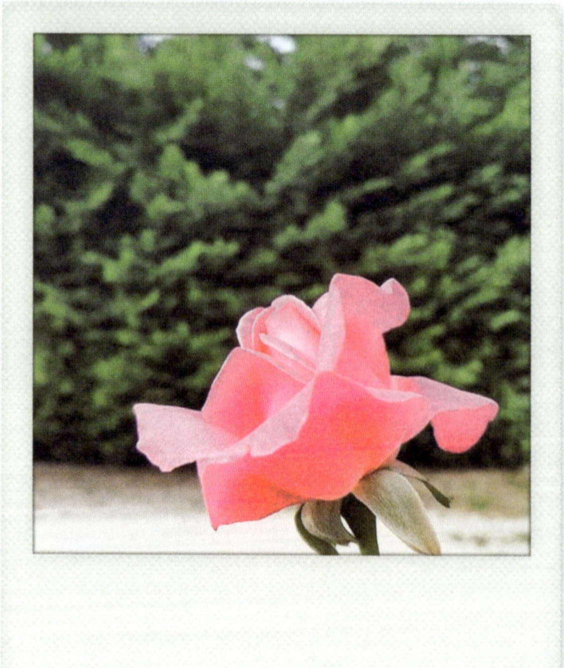

Bordeaux, le 1ᵉʳ mars

Chère mamie,

Je t'écris juste pour te dire merci.
Merci pour tes histoires, tes tricots, tes chocolats
chauds, tes gaufres, tes câlins, tes appels, tes raviolis,
tes confidences, tes poèmes, ta chaleur, ta voix
douce, tes roses, tes chansons, tes *campanari*,
tes réveillons, ton fauteuil au soleil, ta terrasse,
ta porte toujours ouverte, ton sourire, ta sensibilité,
tes ballerines, ton petit carré, ta générosité,
ton amour, ta présence, ta chaleur, ton regard,
ton empathie.
Merci d'avoir été mon plus beau cadeau
de naissance

Je t'aime.

Ginio

Remerciements

Merci à Audrey Petit et Alexandrine Duhin d'avoir permis la réalisation de ce beau projet qui donne du sens à tout le reste. Merci aux équipes du Livre de Poche et de Fayard d'avoir œuvré avec tant d'enthousiasme, de joie et de créativité. J'ai une chance folle d'être entourée de personnes si passionnées.

Merci aux équipes et aux bénévoles de l'association Cékedubonheur pour ces sourires que vous distribuez aux enfants et à leurs parents. Merci d'avoir accueilli le projet avec tant de chaleur. Un merci tout particulier à Morgane pour cette soirée lumineuse.

Merci à Delphine Apiou d'avoir cru en cette idée et d'avoir fait le lien. Merci pour ton soutien depuis le début et pour ton amitié.

Merci à mes fournisseurs d'aventures et d'émotions qui apparaissent dans ces pages : mes deux amours, mes chères amies Serena, Cynthia et Sophie, ma mère, ma sœur, Mimi, mes grands-parents, la Team B Justine et Yannis, la chauve-souris, Jonathan l'oiseau, l'araignée, la coiffeuse, le monsieur de la salle d'attente.

Merci à ma chère mamie, pour tout.

CKDB
Cékedu**bonheur**

Fondée en 2003, l'association Cékedubonheur a pour but d'apporter de la joie, de l'apaisement et des moments uniques qui permettent également aux enfants et adolescents hospitalisés de renouer avec le lien social souvent perdu dans un contexte hospitalier.

Aujourd'hui, quinze ans après sa création, CKDB est l'association de la culture et du divertissement au sein de plus de 90 hôpitaux et établissements pédiatriques à travers la France métropolitaine et les DOM-TOM.

Et ce, grâce à la disponibilité de nos nombreux bénévoles mais aussi grâce à l'aide du personnel soignant et éducatif et du soutien inconditionnel de nos marraines et parrain (Valérie Damidot, Leila Bekhti & Omar Sy).

« Nos actions s'adressent à tous les hôpitaux de France. C'est ensemble, unis et solidaires, que nous pouvons encore grandir et continuer à apporter ce soutien permettant de rendre meilleure la vie des enfants hospitalisés et de leurs familles »

Hélène Sy, Présidente CKDB

L'association CéKeDuBonheur, c'est...

37 projets financés

192 actions toute l'année

120 bénévoles

3 tournées annuelles du CKDBus à travers la France

17 450 sourires partagés

CKDB | instacekedubonheur | cekedubonheur.fr | cekedubonheur | CKDBTV

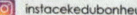

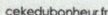

JE SOUTIENS L'ASSOCIATION CEKEDUBONHEUR ET J'OFFRE LE SOURIRE A UN ENFAN' HOSPITALISE

Je choisis le montant de mon don :

- [ ] 5 euros
- [ ] 10 euros
- [ ] 20 euros
- [ ] Autre............

66 % de votre don est déductible de vos impôts

JE PARRAINE L'ASSOCIATION REGULIEREMENT

Je souhiens CKDB par prélèvement tous les mois :

- [ ] 5 du mois
- [ ] 10 du mois
- [ ] Autre............

Complétez ce bulletin et retournez-le accompagné de votre RIB ou votre chèque

Association CEKEDUBONHEUR
59-63, rue Émile Cordon - 93400 SAINT-OBEN

MES COORDONNEES

Nom : .... Prénom : ....
Adresse : ....
Code Postal : .... Ville : ....
Téléphone : .... Adresse e-mail : ....

Code banque	Code guichet	Numéro de compte	Clé RIB

Date : .... Signature : ....

J'OPTE POUR LE DON UNIQUE

Je fais un don en ligne par CB ou via Paypal sur www.cekedubonheur.fr rubrique « Je fais un don ».

Plus d'informations sur **www.cekedubonheur.fr**
Pour tous renseignements contactez nous par mail **contact@ckdb.fr**

CKDB
Cekedubonheur

Merci !

Le Livre de Poche s'engage pour l'environnement en réduisant l'empreinte carbone de ses livres. Celle de cet exemplaire est de :
800 g éq. CO_2
Rendez-vous sur
www.livredepoche-durable.fr

PAPIER À BASE DE FIBRES CERTIFIÉES

Composition réalisée par PCA

Achevé d'imprimer en novembre 2018 en France par
POLLINA Fastline - 2420
Dépôt légal 1re publication : novembre 2018
Édition 07 - novembre 2018
LIBRAIRIE GÉNÉRALE FRANÇAISE
21, rue du Montparnasse – 75298 Paris Cedex 06

56/5173/9